你要做的，只不过是发现生活之美

厚积落叶听雨声

朱光潜/著

江苏凤凰文艺出版社
JIANGSU PHOENIX LITERATURE AND
ART PUBLISHING, LTD

于“此时、此身、此地”，
像草木虫鱼一样，
顺着自然所给的本性生活。

目录

Contents

此身已近桃花源 CHAPTER 2

问渠哪得清如许 CHAPTER 3

风行水上自成文 CHAPTER 4

站在后台看人生 CHAPTER 5

此时，此身，此地 CHAPTER 6

序

Preface

新文化运动以来，文艺理论的介绍各新杂志上常常看见；就中自以关于文学的为主，别的偶然一现而已。同时各杂志的插图却不断地复印西洋名画，不分时代，不论派别，大都凭编辑人或他们朋友的嗜好。也有选印雕像的，但比较少。他们有时给这些名作来一点儿说明，但不说明的时候多。青年们往往将杂志当水火，当饭菜；他们从这里得着美学的知识，正如从这里得着许多别的知识一样。他们也往往应用这点知识去欣赏，去批评别人的作品，去创造自己的。不少的诗文和绘画就如此形成。但这种东鳞西爪积累起来的知识只是“杂拌儿”——还赶不上“杂拌儿”，因为“杂拌儿”总算应有尽有，而这种知识不然。应用起来自然是够苦的，够张罗的。

从这种凌乱的知识里，得不着清清楚楚的美感观念。徘徊于美感与快感之间，考据批评与欣赏之间，自然美与艺术美之间，时常自己冲突，自己烦恼，而不知道怎样去解那连环。又如写实主义与理想主义就像是难分难解的一对冤家，公说公有理，婆说婆有理，各有一套天花乱坠的话。你有时乐意听这一造的，有时乐意听那一造的，好教你左右做人难！还有近年来习用的“主观的”“客观的”两个名字，也不只一回“缠夹二先生”。因此许多青年腻味了，索性一切不管，只抱着一条道理，“有文艺的嗜好就可以谈文艺”。这是“以不了了之”，究竟“谈”不出什么来。留心文艺的青年，除这等难处外，怕更有一个切身的问题等着解决的。新文化是“外国的影响”，自然不错；但说一般青年不留余地地鄙弃旧的文学艺术，却非真理。他们觉得单是旧的“注”“话”“评”“品”等不够透彻，必须放在新的光里看才行。但他们的力量不够应用新知识到旧材料上去，于是只好搁浅，并非他们愿意如此。

这部小书便是帮助你走出这些迷路的。它让你将那些杂牌军队改编为正式军队；裁汰冗弱，补充械弹，所谓“兵在精而不在多”。其次指给你一些简洁不绕弯的道路让你走上前去，不至于彷徨在大野里，也不至于彷徨在牛角尖里。其次它告诉你怎样在咱们的旧环境中应用新战术；它自然只能给你一两个例子看，让你可以举一反三。它矫正你的错误，针砭你的缺失，鼓励你走向前去。作者是你的熟人，他曾写给你《十二封信》；他的态度的亲切和谈话的风趣，你是不会忘记的。在这书里他的希望是很大的，他说：悠悠的过去只是一片漆黑的天空，我们所以还能认识出来这漆黑的天空者，全赖思想家和艺术家所散布的几点星光。朋友，让我们珍重这几点星光！让我们也努力散布几点星光去照耀和那过去一般漆黑的未来。

这却不是大而无当、远不可几的例话；他散布希望在每一个心里，让你相信你所能做的比你想你所能做的多。他告诉你美并不是天上掉下来的；它一半在物，一半在你，在你的手里，“一首诗的生命不是作者一个人所能维持住，也要读者帮忙才行。读者的想象和情感是生生不息的，一首诗的生命也就是生生不息的，它并非是一成不变的。”

“情感是生生不息的，意象也是生生不息的。……即景可以生情，因情也可以生景。所以诗是做不尽的。……诗是生命的表现。说诗已经做穷了，就不啻说生命已到了末日。”这便是“欣赏之中都寓有创造，创造之中也都寓有欣赏”；是精粹的理解，同时结结实实地鼓励你。

孟实先生还写了一部大书，《文艺心理学》。但这本小册子并非节略；它自成一个完整的有机体；有些处是那部大书所不详的；有些是那里面没有的。——“人生的艺术化”一章是著名的例子。这是孟实先生自己最重要的理论。他分人生为广狭两义：艺术虽与“实际人生”有距离，与“整个人生”却并无隔阂；“因为艺术是情趣的表现，而情趣的根源就在人生。反之，离开艺术也便无所谓人生；因为凡是创造和欣赏都是艺术的活动。”

他说："生活上的艺术家也不但能认真而且能摆脱。在认真时见出他的严肃，在摆脱时见出他的豁达。"又引西方哲人之说，"至高的美在无所为而为的玩索"，以为这"还是一种美"。又说："一切哲学系统也都只能当作艺术作品去看。"又说："真理在离开实用而成为情趣中心时，就已经是美感的对象……所以科学的活动也还是一种艺术的活动。"这样真善美便成了三位一体了。孟实先生引读者由艺术走入人生，又将人生纳入艺术之中。这种"宏远的眼界和豁达的胸襟"，值得学者深思。文艺理论当有以观其会通；局于一方一隅，是不会有真知灼见的。

——《谈美》序

1932 年 4 月，伦敦

朱自清

厚｜积｜落｜叶｜听｜雨｜声

CHAPTER 1

美本身极为柔弱，但却不可征服。

生命

既没有了解生命，
我们凭什么对付生命呢？
于是我想到这世间纷纷扰攘的人们。

说起来已是二十年前的事了。如今我还记得清楚，因为那是我生平中一个最深刻的印象。有一年夏天，我到苏格兰西北海滨一个叫做爱约夏的地方去游历，想趁便去拜访农民诗人彭斯的草庐。那一带地方风景仿佛像日本内海而更曲折多变化。海湾伸入群山间成为无数绿水映着青山的湖。湖和山都老是那样恬静幽闲而且带着荒凉景象，几里路中不容易碰见一个村落，处处都是山、谷、树林和草坪。走到一个湖滨，我突然看见人山人海——男的女的、老的少的、穿深蓝大红衣服的、褴褛蹒跚的、蠕蠕蠢动，闹得喧天震地：原来那是一个有名的浴场。那是星期天，人们在城市里做了六天的牛马，来此过一天快活日子。他们在炫耀他们的服装，他们的嗜好，他们的皮肉，他们的欢爱，他们的文雅与村俗。像湖水的波涛汹涌一样，他们都投在生命的狂澜里，尽情享一日的欢乐。就在这么一个场合中，一位看来像是皮鞋匠的牧师在附近草坪中竖起一个讲台向寻乐的人们布道。他也吸引了一大群人。他喧嚷，群众喧嚷，湖水也喧嚷，他的话无从听清楚，只有“天国”、“上帝”、“忏悔”、“罪孽”几个较熟的字眼偶尔可以分辨出来。那群众常是流动的，时而由湖水里爬上来看牧师，时而由牧师那里走下湖水。游泳的游泳，听道的听道，总之，都在凑热闹。

对着这场热闹，我伫立凝神一反省，心里突然起了一阵空虚寂寞的感觉，我思量到生命的问题。摆在我们面前的显然就是生命。我首先感到的是这生命太不调和。那么幽静的湖山当中有那么一大群嘈杂的人在嬉笑取乐，有如佛堂中的蚂蚁抢搬虫尸，已嫌不称；又加上两位牧师对着那些喝酒、抽烟、穿着游泳衣裸着胳膊大腿卖眼色的男男女女讲“天国”和“忏悔”，这岂不是对于生命的一个强烈的讽刺？约翰授洗者在沙漠中高呼救世主来临的消息，他的声音算是投在虚空中了。那位苏格兰牧师有什么可比约翰的？他以布道为职业，于道未必有所知见，不过剽窃一些空洞的教门中语扔到头脑空洞的人们的耳里，岂不是空虚而又空虚？推而广之，这世间一切，何尝不都是如此？比如那些游泳的人们在尽情欢乐，虽是热烈却也很盲目，大家不过是机械地受生命的动物的要求在鼓动驱遣，太阳下去了，各自回家，沙滩又恢复它的本来的清寂，有如歌残筵散。当时我感觉空虚寂寞者在此。

但是像那一大群人一样，我也欣喜赶了一场热闹，那一天算是没有虚度，于今回想，仍觉那回事很有趣。生命像在那沙滩所表现的，有图画家所谓阴阳向背，你跳进去扮演一个角色也好，站在旁边闲望也好，应该都可以叫你兴高采烈。在那一顷刻，生命在那些人们中动荡，他们领受了生命而心满意足了，谁有权去鄙视他们，甚至于怜悯他们？厌世疾俗者一半都是妄自尊大，我惭愧我有时未能免俗。

孔子看流水，发过一个最深永的感叹，他说："逝者如斯夫，不舍昼夜！"生命本来就是流动，单就"逝"的一方面来看，不免令人想到毁灭与空虚；但是这并不是有去无来，而是去的若不去，来的就不能来，生生不息，才能念念常新。莎士比亚说生命"像一个白痴说的故事，满是声响和愤激，毫无意义"，虽是慨乎言之，却不是一句见道之语。生命是一个说故事的人，虽老是抱着那么陈腐的"母题"转，而每一顷刻中的故事却是新鲜的，自有意义的。这一顷刻中有了新鲜有意义的故事，这一顷刻中我们心满意足了，这一顷刻的生命便不能算是空虚。生命原是一顷刻接着一顷刻地实现，好在它"不舍昼夜"。算起总账来，层层实数相加，决不会等于零。人们不抓住每一顷刻在实现中的人生，而去追究过去的原因与未来的究竟,那就犹如在相加各项数目的总和之外求这笔加法的得数。追究最初因与最后果，都要走到"无穷追溯"（reductio ad infintum）。这道理哲学家们本应知道，而爱追究最初因与最后果的偏偏是些哲学家们。这不只是不谦虚，而且是不通达。一件事物实现了，它的形相在那里，它的原因和目的也就在那里。种中有果，果中也有种，离开一棵植物无所谓种与果，离开种与果也无所谓一棵植物（像我的朋友废名先生在他的《阿赖耶识论》里所说明的）。比如说一幅画，有什么原因和目的！它现出一个新鲜完美的形相，这岂不就是它的生命、它的原因、它的目的？

且再拿这幅画来比譬生命。我们过去生活正如画一幅画，当前我们所要经心的不是这幅画画成之后会有怎样一个命运,归于永恒或是归于毁灭，而是如何把它画成一幅画，有画所应有的形相与生命。不求诸抓得住的现在而求诸渺茫不可知的未来，这正如佛经所说的身怀珠玉而向他人行乞。

但是事实上许多人都在未来的永恒或毁灭上打计算。波斯大帝带着百万大军西征希腊，过海勒斯朋海峡时，他站在将台看他的大军由船桥上源源不绝地渡过海峡，他忽然流涕向他的叔父说：“我想到人生的短促，看这样多的大军，百年之后，没有一个人还能活着，心里突然起了阵哀悯。”他的叔父回答说：“但是人生中还有更可哀的事咧，我们在世的时间虽短促，世间没有一个人，无论在这大军之内或在这大军之外，能够那样幸运，在一生中不有好几次不愿生而宁愿死。”这两人的话都各有至理，至少是能反映大多数人对于生命的观感。嫌人生短促，于是设种种方法求永恒。秦皇汉武信方士，求神仙，以及后世道家炼丹养气，都是妄想所谓“长生”。“服食求神仙，多为药所误，不如饮美酒，被服纨与素”，这本是诗人愤疾之言，但是反话大可做正话看；也许做正话看，还有更深的意蕴。说来也奇怪，许多英雄豪杰在生命的流连上都未能免俗。我因此想到曹孟德的遗嘱：

吾死之后，葬于邺之西冈上，妾与妓人皆着铜雀台，台上施六尺床，下穗帐。朝哺上酒脯粻糒之属，每月朔十五，辄向帐前作伎，汝等时登台望吾西陵墓田。

他计算得真周到，可怜虫！谢朓说得好：

穗帷飘井干，樽酒若平生。

郁郁西陵树，讵闻歌吹声！

孔子毕竟是达人，他听说桓司马自为石郭，三年而不成，便说“死不如速朽之为愈也”。谈到朽与不朽问题，这话也很难说。我们固无庸计较

林下

文森特·梵高
1887
荷兰阿姆斯特丹梵高美术馆

朽与不朽，朽之中却有不朽者在。曹孟德朽了，铜雀台妓也朽了，但是他的那篇遗嘱，何逊谢朓李贺诸人的铜雀台诗，甚至于铜雀台一片瓦，于今还叫讽咏摩娑的人们欣喜赞叹。“前水复后水，古今相续流”，历史原是纳过去于现在，过去的并不完全过去。其实若就种中有果来说，未来的也并不完全未来，这现在一顷刻实在伟大到不可思议，刹那中自有终古，微尘中自有大千，而汝心中亦自有天国。这是不朽的第一义谛。

相反两极端常相交相合。人渴望长生不朽，也渴望无生速朽。我们回到波斯大帝的叔父的话：“世间没有一个人在一生中不有好几次不愿生宁愿死。”痛苦到极点想死，一切自杀者可以为证；快乐到极点也还是想死，我自己就有一两次这样经验，一次是在二十余年前一个中秋前后，我乘船到上海，夜里经过焦山，那时候大月亮正照着山上的庙和树，江里的细浪像金线在轻轻地翻滚，我一个人在甲板上走，船上原是载满了人，我不觉得有一个人，我心里那时候也有那万里无云，水月澄莹的景象，于是非常喜悦，于是突然起了脱离这个世界的愿望。另外一次也是在秋天，时间是傍晚，我在北海里的白塔顶上望北平城里底楼台烟树，望到西郊的远山，望到将要下去的红烈烈的太阳，想起李白的“西风残照，汉家陵阙”那两个名句，觉得目前的境界真是苍凉而雄伟，当时我也感觉到我不应该再留在这个世界里。我自信我的精神正常，但是这两次想死的意念真来得突兀。诗人济慈在《夜莺歌》里于欣赏一个极幽美的夜景之后，也表示过同样的愿望，他说：

Now more than ever seems it rich to die

（现在死像比任何时都较丰富）

他要趁生命最丰富的时候死，过了那良辰美景，死在一个平凡枯燥的场合里，那就死得不值得。甚至于死本身，像鸟歌和花香一样，也可成为生命中一种奢侈的享受。我两次想念到死，下意识中是否也有这种奢侈欲，我不敢断定。但是如今冷静地分析想死的心理，我敢说它和想长生的道理还是一样，都是对于生命的执着。想长生是爱着生命不肯放手，想死是怕放手轻易地让生命溜走，要死得痛快才算活得痛快，死还是为着活，为着活的时候心里一点快慰。好比贪吃的人想趁吃大鱼大肉的时候死，怕的是将来吃不到那样好的，根本还是由于他贪吃，否则将来吃不到那样好的，对于他毫不感威胁。

生命的执着属于佛家所谓“我执”，人生一切灾祸罪孽都由此起。佛家针对着人类的这个普遍的病根，倡无生，破我执，可算对症下药。但是佛家也并不曾主张灭生灭我，不曾叫人类做集体的自杀，而只叫人明白一般人所希求的和所知见的都是空幻。还不仅此，佛家在积极方面还要慈悲救世，对于生命是取护持的态度。舍身饲虎的故事显示我们为着救济他生命，需不惜牺牲己生命。我心里对此尚存一个疑惑：既证明生命空幻而还要这样护持生命是为什么呢？目前我对于佛家的了解还不够使我找出一个圆满的解答。不过我对于这生命问题倒有一个看法，这看法大体源于庄子（我不敢说它是否合于佛家的意思）。庄子尝提到生死问题，在《大宗师》篇说得尤其透辟。在这篇里他着重一个“化”字，我觉得这“化”字非常之妙。中国人称造物为“造化”，万物为“万化”。生命原就是化，就是流动与变易。整个宇宙在化，物在化，我也在化。只是化，并非毁灭。草木虫鱼在化，它们并不因此而有所忧喜，而全体宇宙也不因此而有所损益。

何以我独于我的化看成世间一件大了不起的事呢？我特别看待我的化．这便是“我执”。庄子对此有一段妙喻：

今大冶铸金，金踊跃曰“我且必为莫邪”，大冶必以为不祥之金。

今一犯人之形，而曰“人耳，人耳”，夫造化者必以为不祥之人。今以天地为大炉，以造化为大冶，恶乎往而不可哉？成然寐，蘧然觉。

在这个比喻里，庄子破了“我执”，也解决了生死问题。人在造化手里，听他铸，听他“化”而已，强立物我分别，是为不祥。庄子所谓寐觉，是比喻生死。睡一觉醒过来，本不算一回事，生死何尝不如此？寐与觉为化，生与死也还是化。庄周梦为蝴蝶，则“栩栩然蝴蝶也”；“俄然觉，则蘧蘧然周也”；生而为人，死而化为鼠肝虫背，都只有听之而已。在生时这个我在大化流行中有他的妙用，死后我的化形也还是如此，庄子说：

浸假而化予之左臂以为鸡，予因之以求时夜；浸假而化予之右臂以为弹，予因之以求鸮炙……

物质毕竟是不灭的，漫说精神。试想宇宙中有几许因素来化成我，我死后在宇宙中又化成几许事物，经过几许变化，发生几许影响，这是何等伟大而悠久，丰富而曲折的一个游历、一个冒险？这真是所谓“逍遥游”！

这种人生态度就是儒家所谓“赞天地之化育”，郭象所谓“随变任化”，翻成近代语就是“顺从自然”。我不愿辩护这种态度是否为颓废的或消极的，懂得的人自会懂得，无庸以口舌争。近代人说要“征服自然”，道理也很正大。但是怎样征服？还不是要顺从自然的本性？严格地说，世间没有一件不自然的事，也没一件事能不自然。因为这个道理，全体宇宙才是一个整一融贯的有机体，大化运行才是一部和谐的交响曲，而 cosmos 不是 chaos。人的最聪明的办法是与自然合拍，如草木在和风丽日中开着花叶，在严霜中枯谢，如流水行云自在运行无碍，如“鱼相与忘于江湖”。人的厄运在当着自然的大交响曲“唱翻腔”，来破坏它的和谐。执我执法，贪生想死，都是“唱翻腔”。

孔子说过：“朝闻道，夕死可矣。”人难能的是这“闻道”。我们谁不自信聪明，自以为比旁人高一着？但是谁的眼睛能跳开他那“小我”的圈子而四方八面地看一看？谁的脑筋不堆着习俗所扔下来的一些垃圾？每个人都有一个密不通风的“障”包围着他。我们的“根本惑”像佛家所说的，是“无明”。我们在这世界里大半是“盲人骑瞎马”，横冲直撞，怎能不闯祸事！所以说来说去，人生最要紧的事是“明”，是“觉”，是佛家所说的“大圆镜智”。法国人说“了解一切，就是宽恕一切”；我们可以补上一句“了解一切，就是解决一切”。生命对于我们还有问题，就因为我们对它还没有了解。既没有了解生命，我们凭什么对付生命呢？于是我想到这世间纷纷扰攘的人们。

1947 年

慈惠殿三号

我在这城市中所听到的一切声音都像那一夜所听到的步声，
听起来那么近，
而实在却又那么远。

慈慧殿并没有殿，它只是后门里一个小胡同，因西口一座小庙得名。庙中供的是什么菩萨，我在此住了三年，始终没有去探头一看，虽然路过庙门时，心里总是要费一番揣测。慈慧殿三号和这座小庙隔着三四家居户，初次来访的朋友们都疑心它是庙，至少，它给他们的是一座古庙的印象，尤其是在树没有叶的时候；在北平，只有夏天才真是春天，所以慈慧殿三号像古庙的时候是很长的。它像庙，一则是因为它荒凉，二则是因为它冷清，但是最大的类似点恐怕在它的建筑，它孤零零地兀立在破墙荒园之中，显然与一般民房不同。这三年来，我做了它的临时“住持”，到现在仍没有请书家题一个某某斋或某某馆之类的扁（匾）额来点缀，始终很固执地叫它“慈慧殿三号”，这正如有庙无佛，多一事不如省一事。

慈慧殿三号的左右邻家都有崭新的朱漆大门，它的破烂污秽的门楼居在中间，越发显得它是一个破落户的样子。一进门，右手是一个煤栈，是今年新搬来的，天晴时天井里右方隙地总是晒着煤球，有时门口停着运煤的大车以及它所应有的附属品——黑麻布袋、黑牲口、满面涂着黑煤灰的车夫。在北方居过的人会立刻联想到一种类型的龌龊场所。一黏上煤没有不黑不脏的，你想想德胜门外、门头沟车站或是旧工厂的锅炉房，你对于慈慧殿三号的门面就可以想象得一个大概。

和煤栈对面的——仍然在慈慧殿三号疆域以内——是一个车房，所谓"车房"就是停人力车和人力车夫居住的地方。无论是停车的或是住车夫的房子照例是只有三面墙，一面露天。房子对于他们的用处只是遮风雨；至于防贼，掩盖秘密，都全是另一个阶级的需要。慈慧殿三号的门楼左手只有两间这样三面墙的房子，五六个车子占了一间；在其余的一间里，车夫、车夫的妻子和猫狗进行他们的一切活动：做饭、吃饭、睡觉、养儿子、会客谈天等等。晚上回来，你总可以看见车夫和他的大肚子的妻子"举案齐眉"式的蹬（蹲）在地上用晚饭，房东的看门的老太婆捧着长烟杆，闭着眼睛，坐在旁边吸旱烟。有时他们围着那位精明强干的车夫听他演说时事或故事。虽无瓜架豆棚，却是乡村式的太平岁月。

这些都在二道门以外。进二道门一直望进去是一座高大而空阔的四合房子。里面整年地鸦雀无声，原因是唯一的男主人天天是夜出早归，白天里是他的高卧时间；其余尽是妇道之家，都挤在最后一进房子，让前面的房子空着。房子里面从"御赐"的屏风到四足不全的椅凳都已逐渐典卖干净，连这座空房子也已经抵押了超过卖价的债项。这里面七八口之家怎样撑持他们的槁木死灰的生命是谁也猜不出来的疑案。在三十年以前他们是声威煊赫的"皇代子"，杀人不用偿命的。我和他们整年无交涉，除非是

春季（盛开的果树）

克劳德·莫奈

1873

美国大都会艺术博物馆

他们的“大爷”偶尔拿一部宋拓圣教序或是一块端砚来向我换一点烟资，他们的小姐们每年照例到我的园子里来两次，春天来摘一次丁香花，秋天来打一次枣子。

煤栈、车房、破落户的旗人，北平的本地风光算是应有尽有了。我所住持的“庙”原来和这几家共一个大门出入，和他们公用“慈慧殿三号”的门牌，不过在事实上是和他们隔开来的。进二道门之后向右转，当头就是一道隔墙。进这隔墙的门才是我所特指的“慈慧殿三号”。本来这园子的几十丈左右长的围墙随处可以打一个孔，开一个独立的门户。有些朋友们嫌大门口太不像样子，常劝我这样办，但是我始终没有听从，因为我舍不得煤栈车房所给我的那一点劳动生活的景象，舍不得进门时那一点曲折和垮（跨）进园子时那一点突然惊讶。如果自营一个独立门户，这几个美点就全毁了。

从煤栈车房转弯走进隔墙的门，你不能不感到一种突然惊讶。如果是早晨的话，你会立刻想到“清晨入古寺，初日照高林，曲径通幽处，禅房花木深”几句诗恰好配用在这里的。百年以上的老树到处都可爱，尤其是在城市里成林；什么种类都可爱，尤其是松柏和楸。这里没有一棵松树，我有时不免埋怨百年以前经营这个园子的主人太疏忽。柏树也只有一棵大的，但是它确实是大，而且一走进隔墙门就是它，它的浓阴布满了一个小院子，还分润到三间厢房。柏树以外，最多的是枣树，最稀奇的是楸树。北平城里人家有三棵两棵楸树的便视为珍宝。这里的楸树一数就可以数上十来棵，沿后院东墙脚的一排七棵俨然形成一段天然的墙。我到北平以后才见识楸树，一见就欢喜它。它在树木中间是神仙中间的铁拐李，《庄子》所说的“大本臃肿而不中绳墨，小枝卷曲而不中规矩”，拿来形容楸似乎比形容樗更恰当。最奇怪的是这臃肿卷曲的老树到春天来会开类似牵牛的白花，到夏天来会放类似桑榆的碧绿的嫩叶。这园子里树木本来就很杂乱，大的小的，高的低的，不伦不类地混在一起；但是这十来棵楸树在杂乱中辟出一个头绪来，替园子注定一个很明显的个性。

我不是能雇用园丁的阶级中人，要说自己动手拿锄头喷壶吧，一时兴到，容或暂以此为消遣，但是“一日曝之，十日寒之”，究竟无济于事，所以园子终年是荒着的。一到夏天来，狗尾草、蒿子、前几年枣核落下地所长生的小树，以及许多只有植物学家才能辨别的草都长得有腰深。偶尔栽几棵丝瓜、玉蜀黍，以及西红柿之类的蔬菜，到后来都没在草里看不见。我自己特别挖过一片地，种了几棵芍药，两年没有开过一朵花。所以园子里所有的草木花都是自生自长用不着人经营的。秋天栽菊花比较成功，因为那时节没有多少乱草和它做剧烈的“生存竞争”。这一年以来，厨子稍分余暇来做“开荒”的工作，但是乱草总是比他勤快，随拔随长，日夜不息。如果任我自己的脾胃，我觉得对于园子还是取绝对的放任主义较好。我的理由并不像浪漫时代诗人们所怀想的，并不是要找一个荒凉凄惨的境界来配合一种可笑的伤感。我欢喜一切生物和无生物尽量地维持它们的本来面目，我欢喜自然的粗率和芜乱，所以我始终不能真正地欣赏一个很整齐有秩序，路像棋盘，常青树剪成几何形体的园子，这正如我不喜欢赵子昂的字、仇英的画，或是一个中年妇女的油头粉面。我不要求房东把后院三间有顶无墙的破屋拆去或修理好，也是因为这个缘故。它要倒塌，就随它自己倒塌去；它一日不倒塌，我一日尊重它的生存权。

园子里没有什么家畜动物。三年前宗岱和我合住的时节，他在北海里捉得一只刺猬回来放在园子里养着。后来它在夜里常做怪声气，惹得老妈见神见鬼。近来它穿墙迁到邻家去了，朋友送了一只小猫来，算是补了它的缺。鸟雀儿北方本来就不多，但是因为几十棵老树的招邀，北方所有的鸟雀儿这里也算应有尽有。长年的顾客要算老鸹。它大概是鸦的别名，不过我没有下过考证。在南方它是不祥之鸟，在北方听说它有什么神话传说保护它，所以它虽然那样的“语言无谓，面目可憎”，却没有人肯剿灭它。它在鸟类中大概是最爱叫苦爱吵嘴的。你整年都听它在叫，但是永远听不出一点叫声是表现它对于生命的欣悦。在天要亮未亮的时候，它叫得特别起劲，它仿佛拼命地不让你享受香甜的晨睡，你不醒，它也引你做惊惧梦。我初来时曾买了弓弹去射它，后来弓坏了，弹完了，也就只得向它投降。反正披衣冒冷风起来驱逐它，你也还是不能睡早觉。老鸹之外，麻雀甚多，无可记载。秋冬之季常有一种颜色极漂亮的鸟雀成群飞来，形状很类似画眉，不过不会歌唱。宗岱在此时硬说它来有喜兆，相信它和他请铁板神算家所批的八字都预兆他的婚姻恋爱的成功，但是他的讼事终于是败诉，他所追求的人终于是高飞远扬。他搬走以后，这奇怪的鸟雀到了节令仍旧成群飞来。鉴于往事，我也就不肯多存奢望了。

有一位朋友的太太说慈慧殿三号颇类似《聊斋志异》中所常见的故家第宅，“旷废无居人，久之蓬蒿渐满，双扉常闭，白昼亦无敢入者……”但是如果有一位好奇的书生在月夜里探头进去一看，会瞟见一位散花天女，嫣然微笑，叫他“不觉神摇意夺”，如此等情……我本凡胎，无此缘分，但是有一件“异”事也颇堪一“志”。有一天晚上，我躺在沙发上看书，凌坐在对面的沙发上共着一盏灯做针线，一切都沉在寂静里，猛然间听见一位穿革履的女人滴滴答答地从外面走廊的砖地上一步一步地走进来。我听见了，她也听见了，都猜着这是沉樱来了——她有时踏这种步声走进来。我走到门前掀帘子去迎她，声音却没有了，什么也没有看见。后来再四推测所得的解释是街上行人的步声，因为夜静，虽然是很远，听起来就好像近在咫尺。这究竟很奇怪，因为我们坐的地方是在一个很空旷的园子里，离街很远，平时在房子里绝对听不见街上行人的步声，而且那次听见步声分明是在走廊的砖地上。这件事常存在我的心里，我仿佛得到一种启示，觉得我在这城市中所听到的一切声音都像那一夜所听到的步声，听起来那么近，而实在却又那么远。

1936 年

后门大街

在这个世界里的人，
无论他们的生活是复杂或简单，
关于谁你能够说，
“我真正明白他的底细”呢？

人生第一乐趣是朋友的契合。假如你有一个情趣相投的朋友居在邻近，风晨雨夕，彼此用不着走许多路就可以见面，一见面就可以毫无拘束地闲谈，而且一谈就可以谈出心事来，你不嫌他有一点怪脾气，他也不嫌你迟钝迂腐，像约翰逊和鲍斯韦尔在一块儿似的，那你就没有理由埋怨你的星宿。这种幸福永远使我可望而不可攀。第一，我生性不会谈话，和一个朋友在一块儿坐不到半点钟，就有些心虚胆怯，刻刻意识到我的呆板干枯叫对方感到乏味。谁高兴向一个只会说“是的”、“那也未见得”之类无谓语的人溜嗓子呢？其次，真正亲切的朋友都要结在幼年，人过三十，都不免不由自主地染上一些世故气，很难结交真正情趣相投的朋友。“相识满天下，知心能几人？”虽是两句平凡语，却是慨乎言之。因此，我唯一的解闷的方法就只有逛后门大街。

居过北平的人都知道北平的街道像棋盘线似的依照对称原则排列。有东四牌楼就有西四牌楼，有天安门大街就有地安门大街。北平的精华可以说全在天安门大街。它的宽大、整洁、辉煌，立刻就会使你觉到它象征一个古国古城的伟大雍容的气象。地安门（后门）大街恰好给它做一个强烈的反称。它偏僻、阴暗、湫隘、局促，没有一点可以叫一个初来的游人留恋。我住在地安门里的慈慧殿，要出去闲逛，就只有这条街最就便。我无论是阴晴冷热，无日不出门闲逛，一出门就很机械地走到后门大街。它对于我好比一个朋友，虽是平凡无奇，因为天天见面，很熟悉，也就变成很亲切了。

从慈慧殿到北海后门比到后门大街也只远几百步路。出后门，一直向北走就是后门大街，向西转稍走几百步路就是北海。后门大街我无日不走，北海则从老友徐中舒随中央研究院南迁以后（他原先住在北海），我每周至多只去一次。这并非北海对于我没有意味，我相信北海比我所见过的一切园子都好，但是北海对于我终于是一种奢侈，好比乡下姑娘的唯一的一件漂亮衣，不轻易从箱底翻出来穿一穿的。有时我本预备去北海，但是一走到后门，就变了心眼，一直朝北去走大街，不向西转那一个弯。到北海要买门票，花二十枚铜子是小事，免不着那一层手续，究竟是一种麻烦；走后门大街可以长驱直入，没有站岗的向你伸手索票，打断你的幻想。这是第一个分别。在北海逛的是时髦人物，个个是衣裳楚楚，油头滑面的。你头发没有梳，胡子没有光，鞋子也没有换一双干净的，“囚首垢面而谈诗书”，已经是大不韪，何况逛公园？后门大街上走的尽是贩夫走卒，没有人嫌你怪相，你可以彻底地“随便”。这是第二个分别。逛北海，走到“仿膳”或是“漪澜堂”的门前，你不免想抬头看看那些喝茶的中间有你的熟人没有，但是你又怕打招呼，怕那里有你的熟人，故意地低着头匆匆地走过去，像做了什么坏事似的。在后门大街上你准碰不见一个熟人，虽然常见到彼此未通过姓名的熟面孔，也各行其便，用不着打无谓的招呼。你可以尽量地饱尝着“匿名者”（incognito）的心中一点自由而诡秘的意味。这是第三个分别。因为这些缘故，我老是牺牲北海的朱梁画栋和香荷绿柳而独行踽踽于后门大街。

到后门大街我很少空手回来。它虽然是破烂，虽然没有半里路长，却有十几家古玩铺、一家旧书店。这一点点缀可以见出后门大街也曾经过一个繁华时代，阅历过一些沧桑岁月，后门旧为旗人区域，旗人破落了，后门也就随之破落。但是那些破落户的破铜破铁还不断地送到后门的古玩铺和荒货摊。这些东西本来没有多少值得收藏的，但是偶尔遇到一两件，实在比隆福寺和厂甸的便宜。我花过四块钱买了一部明初拓本《史晨碑》，六块钱买了二十几锭乾隆御墨，两块钱买了两把七星双刀，有时候花几毛钱买一个瓷瓶、一张旧纸，或是一个香炉。这些小东西本无足贵，但是到手时那一阵高兴实在是很值得追求，我从前在乡下时学过钓鱼，常蹬（蹲）半天看不见浮标幌影子，偶然钓起来一个寸长的小鱼，虽明知其不满一咽，心里却非常愉快，我究竟是钓得了，没有落空。我在后门大街逛古董铺和荒货摊，心情正如钓鱼。鱼是小事，钓着和期待着有趣，钓得到什么，自然更是有趣。许多古玩铺和旧书店的老板都和我由熟识而成好朋友。过他们的门前，我的脚不由自主地踏进去。进去了，看了半天，件件东西都还是昨天所见过的。我自己觉得翻了半天还是空手走，有些对不起主人；主人也觉得没有什么新东西可以卖给我，心里有些歉然。但是这一点不尴尬，并不能妨碍我和主人的好感，到明天，我的脚还是照旧地不由自主地踏进

周日下午在拉伦胡同的女孩

马克思·利伯曼

1897

他的门，他也依旧打起那副笑面孔接待我。

后门大街龌龊，是毋庸讳言的。就目前说，它虽不是贫民窟，一切却是十足的平民化。平民的最基本的需要是吃，后门大街上许多活动都是根据这个基本需要而在那里川流不息地进行。假如你是一个外来人在后门大街走过一趟之后，坐下来搜求你的心影，除着破铜破铁破衣破鞋之外，就只有青葱大蒜、油条烧饼和卤肉肥肠，一些油腻腻灰灰土土的七三八四和苍蝇骆驼混在一堆在你的昏眩的眼帘前幌影子。如果你回想你所见到的行人，他不是站在锅炉旁嚼烧饼的洋车夫，就是坐在扁担上看守大蒜咸鱼的小贩。那里所有的颜色和气味都是很强烈的。这些混乱而又秽浊的景象有如陈年牛酪和臭豆腐乳，在初次接触时自然不免惹起你的嫌恶；但是如果你尝惯了它的滋味，它对于你却有一种不可抵御的引诱。

别说后门大街平凡，它有的是生命和变化！只要你有好奇心，肯乱窜，在这不满半里路长的街上和附近，你准可以不断地发现新世界。我逛过一年以上，才发现路西一个夹道里有一家茶馆。花三大枚的水钱，你可以在那儿坐一晚，听一部《济公传》或是《长坂坡》。至于火神庙里那位老拳师变成我的师傅，还是最近的事。你如果有幽默的癖性，你随时可以在那里寻到有趣的消遣。有一天晚上我坐在一家旧书铺里，从外面进来一个跛子，向店主人说了关于他的生平一篇可怜的故事，讨了一个铜子出去，我觉得这人奇怪，就起来跟在他后面走，看他跛进了十几家店铺之后，腿子猛然直起来，踏着很平稳安闲的大步，唱“我好比南来雁”，沉没到一个阴暗的夹道里去了。在这个世界里的人们，无论他们的生活是复杂或简单，关于谁你能够说，“我真正明白他的底细”呢？

一到了上灯时候，尤其在夏天，后门大街就在它的古老躯干之上尽量地炫耀近代文明。理发馆和航空奖券经理所的门前悬着一排又一排的百支烛光的电灯，照相馆的玻璃窗里所陈设的时装少女和京戏名角的照片也越发显得光彩夺目。家家洋货铺门上都张着无线电的大口喇叭，放送京戏鼓书相声和说不尽的许多其他热闹玩意儿。这时候后门大街就变成人山人海，左也是人，右也是人，各种各样的人。少奶奶牵着她的花簇簇的小儿女，羊肉店的老板扑着他的巴（芭）蕉叶，白衫黑裙和翻领卷袖的学生们抱着膀子或是靠着电线杆，泥瓦匠坐在阶石上敲去旱烟筒里的灰，大家都一起心领神会似的在听，在看，在发呆。在这种时会，后门大街上准有我；在这种时会，我丢开几十年教育和几千年文化在我身上所加的重压，自自在在地沉没在贤愚一体、皂白不分的人群中，尽量地满足牛要跟牛在一块、蚂蚁要跟蚂蚁在一块那一种原始的要求。我觉得自己是这一大群人中的一个人，我在我自己的心腔血管中感觉到这一大群人的脉膊（搏）的跳动。

后门大街。对于一个怕周旋而又不甘寂寞的人，你是多么亲切的一个朋友！

1936 年

花会

成都整年难得见太阳，
全城的人天天都埋在阴霾里，
像古井阑的苔藓，
他们浑身染着地方色彩，
浸润阴幽、沉寂，
永远在薄雾浓云里度过他们的悠悠岁月。

紫陌红尘拂面来，无人不道看花回。

——刘禹锡

成都整年难得见太阳，全城的人天天都埋在阴霾里，像古井阑的苔藓，他们浑身染着地方色彩，浸润阴幽、沉寂，永远在薄雾浓云里度过他们的悠悠岁月。他们好闲，却并不甘寂寞，吃饭、喝茶、逛街、看戏，都向人多的处所挤。挤来挤去，左右不过是那几个地方。早上坐少城公园的茶馆，晚上逛春熙路、西东大街以及满街挂着牛肉的皇城坎，你会想到成都人没有在家里坐着的习惯，有闲空总得出门，有热闹总得挨凑进去。成都人的生活可以说是“户外的”，但是同时也是“城里的”。翻来覆去，总跳不出这个城圈子。五十万的人口、几十方里的面积，形成一种大规模的蜂巢蚁穴。所以表面看来，车如流水马如龙，无处不是骚动，而实际上这种骚动只是蛰伏式的蠕动，像成都一位老作家所说的“死水微澜”。

花会时节是成都人的惊蛰期。举行花会的地方是西门外的青羊宫。这座大道观据说是从唐朝遗留下来的。花会起于何朝何代，尚待考据家去推断，大概来源也很早。成都的天气是著名的阴沉，但在阳春三月，风光却特别明媚。春来得迟，一来了，气候就猛然由温暖而热燥，所以在其他地带分季开放的花卉在成都却连班出现。梅花茶花没有谢，接着就是桃杏，桃杏没有谢，接着就是木槿剑兰芍药。在三月里你可以同时见到冬春夏三季的花。自然，最普遍的花要算菜花。成都大平原纵横有五六百里路之广。三月间登高一望，视线所能达到的地方尽是菜花麦苗，金黄一片，杂以油绿，委实是一种大观。在太阳之下，花光草色如怒火放焰，闪闪浮动，固然显出山河浩荡生气蓬勃的景象，有时春阴四布，小风薄云，苗青鹊静，亦别有一番清幽情致。这时候成都人，无论是男女老少，便成群结队地出城游春了。

游春自然是赶花会。花会之名并不副实。陈列各种时花的地方是庙东南一个偏僻的角落。所陈列的不过是一些普通花卉，并无名品，据说今年花会未经政府提倡，没有往年的热闹，外县以及本城的名园都没有把他们的珍品送来。无论如何，到花会来的人重要目的并不在看花而在凑热闹看人。成都人究竟是成都人，丢不开那古老城市的风俗习惯。花会场所还是成都城市的具体而微。古董摊和书画摊是成都搬来的会府和西玉龙街，铜铁摊是成都搬来的东御街，著名的吴抄手在此有临时分店，临时茶馆菜馆面馆更简直都还是成都城里的那种气派。每个菜馆后面差不多都有个篾篷，一个大篾箱似的东西只留着一个方孔做门，门上挂着大红布帘。里面锣鼓喧聒，川戏、相声、扬琴、大鼓、杂耍，应有尽有。纵横不过一里的地方，除着成都城里所有的形形色色之外，还有乡下人摆的竹器木器花根谷种以至于锄头菜刀水桶烟杆之类。地方小，花样多，所以挤，所以热闹。大家来此，吃、喝、买、卖、“耍”、看，城里人来看乡下人，乡下人来看城里人，男的来看女的，女的来看男的。好一幅仇十洲的《清明上河图》，虽然它所表现的不尽是太平盛世的攘往熙来的盛况。

除掉几条繁盛街道之外，成都在大体上还保存着古代城市的原始风味。舶来品尽管在电光闪烁之下惊心夺目，在幽暗僻静的街道里，铜铁匠还是用钉锤锻生铜制锅制水烟袋，织工们还是在竹框撑紧的蜀锦上一针一线地绣花绣鸟。所有的道地的工商业都还是手工品的工商业。他们的制法和用法都有很长久的传统做基础。要是为实用的，它们必定是坚实耐久；要是为玩耍的，它们必定是精细雅致。一个水桶的提手横木可以粗得像屋梁，一茎狗尾草叶可以编成口眼脚翅全具的蚱蜢或蜻蜓。只要你还保存有几分稚气，花会中所陈列的这些大大小小的物品件件都很可以使你流连。假如你像我的话，有一个好玩的小孩子，你可注意的东西就更多，风车、泥人、木马、小花篮，以及许多形形色色的小玩具都可以使你自慰不虚此行。此外，成都人古董书画之癖在花会里也可以略窥一二。老君堂的里外前后的墙壁都挂满着字画，台阶上都摆满着碑帖。自然，像一般的中国人，成都人也很会制造假古董，也很喜欢买假古董。花会之盛，这也是一个原因。

清明上河图

〔北宋〕张择端

北京故宫博物院

花会之盛还另有一个原因，就是在一般人心理中，青羊宫里所供奉的那位李老君是神通广大的道教祖。青羊者据说是李老君西升后到成都显圣所骑的牲畜。后人纪念这个圣迹，立祠奉祀。于今青羊宫正殿里还有两头青铜铸成的羊子，一牝一牡，牝左牡右。单讲这两匹羊的形样，委实是值得称赞的艺术品。到花会的人少不得都要摸一摸这两匹羊。据说有病的人摸它们一摸，病就会自然痊愈。摸的地方也有讲究，头病摸头脚病摸脚，错乱不得。古往今来病头病脚以及病非头非脚的地方者大概不少，所以于今这两匹羊周身被摸得精光。羊尚如此，老君本人可知，于是老君堂上满挂着前朝巡抚提督现代省长督军亲书或请人代书的匾额。金光四耀，煞是妙相庄严，到此不由人不肃然起敬，何况青羊宫门坎之高打破任何纪录！祈财、祈子、祈福、祈寿、祈官，都得爬过这高门坎向老君进香。爬这高门坎的身手不同，奇态便不免百出。七八十岁的老太太须得放下拐杖，用双手伏在门坎上，然后徐徐把双脚迈过去。至于摩登小姐也有提起旗袍叉（衩）口，一大步就迈过去的。大殿上很整秩地摆着一列又一列的棕制蒲团。跪在蒲团上捧香默祷的有乡下佬，有达官富商，也有脚踏高跟皮鞋襟口挂着自来水笔的摩登小姐，如上文所云一大步就迈过门户坎的。在这里新旧两代携手言欢，各表心愿。香炉之旁，例有钱桶。花会时钱桶易满。站在香炉旁烧香的道士此时特别显得油光滑面，喜笑颜开。“临邛道士鸿都客，能以精诚致魂魄。”此风至今未泯也。

成都素有小北平之称。熟悉北平的人看到花会自然联想到厂甸的庙会，它们都是交易、宗教、游玩打成一片的。单就陈列品说，厂甸较为丰富精美，但是就天时与地利说，成都花会赶春天在乡村举行，实在占不少的便宜。逛花会不尽是可以凑热闹，买玩意儿，祈财求子，还可以趁风和日暖的时候吐一吐城市的秽浊空气，有如古人的修禊，青羊宫本身固然也不很清洁，那里人山人海中的空气也不见得清新。可是花会逛过了，沿着城西郊马路回城，或是刚出城时沿着城西郊赴花会，平畴在望，清风徐来，路右边一阵又一阵的男男女女带着希望去，左边一阵又一阵的男男女女提着风车或是竹篮回来。真所谓“无边光景一时新”，你纵是老年人，也会觉得年轻十岁了。人过中年，难得常有这样少年的兴致。让我赞美这成都花会啊！

1938 年

我在《春天》里所见到的

女性美和爱的心情原来是富于矛盾性的，
谁能够彻底地窥透此中消息呢？

这幅画通常叫做《春天》，伯冉生（Berenson）在《佛罗伦萨画家论》里引作《爱神的国度》，似乎比较恰当些，画的趣味中心很显然地在爱神，从构图看，她不但站在中心，而且站的水平线也比旁人都高一层，旁人背后都是橘树，只有她背后是一座杂树丛生的土丘，土丘四围有一半圆形的空隙，好像是一道光圈围着她的头。因此，她的头部在全部光线的焦点；同时，因为土丘阴影的反衬，她的面部越显得光亮。在她头上飞着的库比德也容易把视线引到她的方向去。其次，就情感方面说，她是图中最严肃的一位。只有她一个人衣冠最整齐，最规矩；只有她一个人孑然独立，与众不即不离的神情。她低着头，伸起右手，眼睛向着她自己的心里看，仿佛猛然听到一种玄奥的启示，举手表示惊奇，同时，告诫人肃静无哗，细心体会一下启示的意蕴。

就全图说，它表现一个游舞队，运动的方向她是由右而左。开路先锋是水星神，左手支腰，右手高举，指着空中一个让我们猜测的什么东西，视线很沉着地望着所指的方向。这一点不可捉摸的意蕴令我们想象到此外

春天

桑德罗·波提切利

1481–1482

意大利佛罗伦萨乌菲兹博物馆

还有一个更高远的世界。意大利画家向来是斩钉截铁的明显，像这幅画的神秘色彩是不多见的。水星神之后接着就是“三美神”。就意象说，就画法说，她们都是很古典的。像她们的衣裳，她们整个地是透明的、轻盈的、悠闲的。手牵着手，面对着面，她们在爱神面前，像举行宗教仪式似的缓步舞蹈。库比德的箭就向她们瞄准。她们的心被射穿了没有呢？看她们的目光，看她们的面容，爱固然在那里，镇定悠闲固然在那里，但是闲愁幽怨似乎也在那里。女性美和爱的心情原来是富于矛盾性的，谁能够彻底地窥透此中消息呢？

从爱神前面移到爱神后面，我们仿佛从古典世界搬家到浪漫世界。在前面我们觉到仙境的超脱，在后面我们又回到人间的执着了。穿花衣的和几乎裸体的女子究竟谁象征春神，谁象征花神，学者的意见不一致。最后的男孩象征西风则几成定论。把穿花衣的看作春神似乎比较合理。花神被冷酷的西风两手揪住，一方面回头向残暴者瞪着惊慌的眼求饶，一方面用双手揪住春神求卫护。这是一场剧烈的挣扎。线条的运动，颜面的表情，服装的颜色都表现出一种狂放不可节制的生气在那里动荡。不说别的，连这右角的树干也是弯曲的，不像左边的树那样鸦风鹊静地挺立着。这里我们觉到很浓厚的浪漫风味，和右边的静穆的古典风味成一个很鲜明的反衬。

这幅画向来被看作“寓言”。它的寓意究竟是什么呢？老实说，我想来想去，不能把全图的九个似相关似不相关的人物串联成一个整体。我有两个疑点：第一，我不明了爱神前面的水星神和三美神在图中有何意义；第二，我怀疑春神和花神近于重复。我看到这幅画就联想到画在 Campo

Santo 壁上的另一幅意大利画。那幅画是《死的胜利》，这幅画不可以叫做《生的胜利》吗？天神的信使——水星神——领导生命的最珍贵的美、春、爱向无终的大路上迈步前进，虽然生命的仇敌——西风——在后面追捕，他们仍旧是勇往直前。这是不是这幅画的寓意呢？

把寓意丢开，专从画本身说，一切都是很容易了解的。爱神是中心，左右人物各形成一组。如果春神组是主体，三美神组在构图上是必有的陪衬，春神和花神在意义上或近于重复，在构图上却似缺一不可，一则浓装与半裸成反衬，一则右边多一形体，和左边相对称，不至嫌轻重悬殊。依我想，波提切利不是一个文人画家，构图的匀称和谐，在他的心中也许比各部意义的贯串还更为重要。我们看这幅画似乎也应着重它在第一眼所显现出来的运动的节奏和构造的和谐。意义固然也很重要，但是要放在第二层。我所见到的偏重意义和情调方面，因为我既然要忠实地写自己的感想，就不应该勉强把我素来以看诗法去看画的心习丢开。我对于这幅画所特别爱好的是那一幅内热而外冷，内狂放而外收敛的风味。在生气蓬勃的春天，在欢欣鼓舞的随着生命的狂澜动荡中，仍能保持几分沉思默玩的冷静，在人生，在艺术，这都是一个极大的成就。

此 | 身 | 已 | 近 | 桃 | 花 | 源

CHAPTER 2

你的心界愈空灵，你也愈不觉得物界喧嘈。

当局者迷，旁观者清

一般人迫于实际生活的需要，
都把利害认得太真，
不能站在适当的距离之外去看人生世相，
于是这丰富华严的世界，
除了可效用于饮食男女的营求之外，
便无其他意义。

有几件事实我觉得很有趣味，不知道你有同感没有？

我的寓所后面有一条小河通莱茵河。我在晚间常到那里散步一次，走成了习惯，总是沿东岸去，过桥沿西岸回来。走东岸时我觉得西岸的景物比东岸的美；走西岸时适得其反，东岸的景物又比西岸的美。对岸的草木房屋固然比这边的美，但是它们又不如河里的倒影。同是一棵树，看它的正身本极平凡，看它的倒影却带有几分另一世界的色彩。我平时又欢喜看烟雾朦胧的远树，大雪笼盖的世界和深更夜静的月景。本来是习见不以为奇的东西，让雾、雪、月盖上一层白纱，便见得很美丽。

北方人初看到西湖，平原人初看到峨眉，虽然审美力薄弱的村夫，也惊讶于它们是奇景；但对生长在西湖或峨眉的人除了以居近名胜自豪以外，心里往往觉得西湖和峨眉实在也不过如此。新奇的地方都比熟习的地方美，东方人初到西方，或是西方人初到东方，都往往觉得面前景物件件值得玩味。本地人自以为不合时尚的服装和举动，在外方人看，却往往有一种美的意味。

古董癖也是很奇怪的。一个周朝的铜鼎或是一个汉朝的瓦瓶在当时也不过是盛酒盛肉的日常用具，在现在却变成很稀有的艺术品。固然有些好古董的人是贪它值钱，但是觉得古董实在可玩味的人却不少。我到外国人家去时，主人常欢喜拿一点中国东西给我看。这总不外瓷罗汉、蟒袍、渔樵耕读图之类的装饰品，我看到每每觉得羞涩，而主人却诚心诚意地夸奖它们好看。

种田人常羡慕读书人，读书人也常羡慕种田人。竹篱瓜架旁的黄粱浊酒和朱门大厦中的山珍海鲜，在旁观者所看出来的滋味都比当局者亲口尝出来的好。读陶渊明的诗，我们常觉到农人的生活真是理想的生活，可是农人自己在烈日寒风之中耕作时所尝到的况味，绝不似陶渊明所描写的那样闲逸。

人常是不满意自己的境遇而羡慕他人的境遇，所以俗话说："家花不比野花香。"人对于现在和过去的态度也有同样的分别。本来是很酸辛的遭遇到后来往往变成很甜美的回忆。我小时在乡下住，早晨看到的是那几座茅屋、几畦田、几排青山，晚上看到的也还是那几座茅屋、几畦田、几排青山，觉得它们真是单调无味，现在回忆起来，却不免有些留恋。

这些经验你一定也注意到的。它们是什么缘故呢？

这全是观点和态度的差别。看倒影，看过去，看旁人的境遇，看稀奇的景物，都好比站在陆地上远看海雾，不受实际的切身的利害牵绊，能安闲自在地玩味目前美妙的景致。看正身，看现在，看自己的境遇，看习见的景物，都好比乘海船遇着海雾，只知它妨碍呼吸，只嫌它耽误程期，预兆危险，没有心思去玩味它的美妙。持实用的态度看事物，它们都只是实际生活的工具或障碍物，都只能引起欲念或嫌恶。要见出事物本身的美，我们一定要从实用世界跳开，以“无所为而为”的精神欣赏它们本身的形象。总而言之，美和实际人生有一个距离，要见出事物本身的美，须把它摆在适当的距离之外去看。

再就上面的事例说，树的倒影何以比正身美呢？它的正身是实用世界中的一片段，它和人发生过许多实用的关系。人一看见它，不免想到它在实用上的意义，发生许多实际生活的联想。它足避风息凉的或是架屋烧火的东西。在散步时我们没有这些需要，所以就觉得它没有趣味。倒影是隔着一个世界的，是幻境的，是与实际人生无直接关联的。我们一看到它，就立刻注意到它的轮廓线纹和颜色，好比看一幅图画一样。这是形象的直觉，所以是美感的经验。总而言之，正身和实际人生没有距离，倒影和实际人生有距离，美的差别即起于此。

同理，游历新境时最容易见出事物的美。习见的环境都已变成实用的

睡莲

克劳德·莫奈

1914–1917

工具。比如我久住在一个城市里面，出门看见一条街就想到朝某方向走是某家酒店，朝某方向走是某家银行；看见了一座房子就想到它是某个朋友的住宅，或是某个总长的衙门。这样的“由盘而之钟”，我的注意力就迁到旁的事物上去，不能专心致志地看这条街或是这座房子究竟像个什么样子。在崭新的环境中，我还没有认识事物的实用的意义，事物还没有变成实用的工具，一条街还只是一条街而不是到某银行或某酒店的指路标，一座房子还只是某颜色某线形的组合而不是私家住宅或是总长衙门，所以我能见出它们本身的美。

一件本来惹人嫌恶的事情，如果你把它推远一点看，往往可以成为很美的意象。卓文君不守寡，私奔司马相如，陪他当垆卖酒。我们现在把这段情史传为佳话。我们读李长吉的“长卿怀茂陵，绿草垂石井，弹琴看文君，春风吹鬓影”几句诗，觉得它是多么幽美的一幅画！但是在当时人看，卓文君失节却是一件秽行丑迹。袁子才常刻一方“钱塘苏小是乡亲”的印，看他的口吻是多么自豪！但是钱塘苏小究竟是怎样的一个伟人？她原来不过是南朝的一个妓女。和这个妓女同时的人谁肯攀她做“乡亲”呢？当时的人受实际问题的牵绊，不能把这些人物的行为从极繁复的社会信仰和利害观念的圈套中划出来，当作美丽的意象来观赏。我们在时过境迁之后，不受当时的实际问题的牵绊，所以能把它们当作有趣的故事来谈。它们在当时和实际人生的距离太近，到现在则和实际人生距离较远了，好比经过一些年代的老酒，已失去它的原来的辣性，只留下纯淡的滋味。

一般人迫于实际生活的需要，都把利害认得太真，不能站在适当的距离之外去看人生世相，于是这丰富华严的世界，除了可效用于饮食男女的营求之外，便无其他意义。他们一看到瓜就想它是可以摘来吃的，一看到漂亮的女子就起性欲的冲动。他们完全是占有欲的奴隶。花长在园里何尝不可以供欣赏？他们却欢喜把它摘下来挂在自己的襟上或是插在自己的瓶里。一个海边的农夫逢人称赞他的门前海景时，便很羞涩地回过头来指着屋后一园菜说："门前虽没有什么可看的，屋后这一园菜却还不差。"许多人如果不知道周鼎汉瓶是很值钱的古董，我相信他们宁愿要一个不易打烂的铁锅或瓷罐，不愿要那些不能煮饭藏菜的破铜破铁。这些人都是不能在艺术品或自然美和实际人生之中维持一种适当的距离。

艺术家和审美者的本领就在能不让屋后的一园菜压倒门前的海景，不拿盛酒盛菜的标准去估定周鼎汉瓶的价值，不把一条街当作到某酒店和某银行去的指路标。他们能跳开利害的圈套，只聚精会神地观赏事物本身的形象。他们知道在美的事物和实际人生之中维持一种适当的距离。

我说"距离"时总不忘冠上"适当的"三个字，这是要注意的。"距离"可以太过，可以不及。艺术一方面要能使人从实际生活牵绊中解放出来，一方面也要使人能了解，能欣赏，"距离"不及，容易使人回到实用世界，距离太远，又容易使人无法了解欣赏。这个道理可以拿一个浅例来说明。

王渔洋的《秋柳诗》中有两句说："相逢南雁皆愁侣，好语西乌莫夜飞。"在不知这诗的历史的人看来，这两句诗是漫无意义的，这就是说，它的距离太远，读者不能了解它，所以无法欣赏它。《秋柳诗》原来是悼

汲泉女

多米尼克·安格尔

1856

法国巴黎奥塞美术馆

维纳斯，爱与美的女神

1848

多米尼克·安格尔

明亡的，“南雁”是指国亡无所依附的故旧大臣，“西乌”是指有意屈节降清的人物。假使读这两句诗的人自己也是一个“遗老”，他对于这两句诗的情感一定比旁人较能了解。但是他不一定能取欣赏的态度，因为他容易看这两句诗而自伤身世，想到种种实际人生问题上面去，不能把注意力专注在诗的意象上面，这就是说，《秋柳诗》对于他的实际生活距离太近了，容易把他由美感的世界引回到实用的世界。

许多人欢喜从道德的观点来谈文艺，从韩昌黎的“文以载道”说起，一直到现代“革命文学”以文学为宣传的工具止，都是把艺术硬拉回到实用的世界里去。一个乡下人看戏，看见演曹操的角色扮老奸巨猾的样子惟妙惟肖，不觉义愤填胸，提刀跳上舞台，把他杀了。从道德的观点评艺术的人们都有些类似这位杀曹操的乡下佬，义气虽然是义气，无奈是不得其时，不得其地。他们不知道道德是实际人生的规范，而艺术是与实际人生有距离的。

艺术须与实际人生有距离，所以艺术与极端的写实主义不相容。写实主义的理想在妙肖人生和自然，但是艺术如果真正做到妙肖人生和自然的境界，总不免把观者引回到实际人生，使他的注意力旁迁于种种无关美感的问题，不能专心致志地欣赏形象本身的美，比如裸体女子的照片常不免容易刺激性欲，而裸体雕像如《密罗斯爱神》，裸体画像如法国安格尔的《汲泉女》，都只能令人肃然起敬。这是什么缘故呢？这就是因为照片太逼肖自然，容易像实物一样引起人的实用的态度；雕刻和图画都带有若干形式化和理想化，都有几分不自然，所以不易被人误认为实际人生中的一片段。

艺术上有许多地方，乍看起来，似乎不近情理。古希腊和中国旧戏的角色往往戴面具，穿高底鞋，表演时用歌唱的声调，不像平常说话。埃及雕刻对于人体加以抽象化，往往千篇一律。波斯图案画把人物的肢体加以不自然的扭曲，中世纪“哥特式”诸大教寺的雕像把人物的肢体加以不自然的延长。中国和西方古代的画都不用远近阴影。这种艺术上的形式化往往遭浅人唾骂，它固然时有流弊，其实也含有至理。这些风格的创始者都未尝不知道它不自然,但是他们的目的正在使艺术和自然之中有一种距离。说话不押韵，不论平仄，做诗却要押韵，要论平仄，道理也是如此。艺术本来是弥补人生和自然缺陷的。如果艺术的最高目的仅在妙肖人生和自然，我们既已有人生和自然了，又何取乎艺术呢?

艺术都是主观的，都是作者情感的流露，但是它一定要经过几分客观化。艺术都要有情感，但是只有情感不一定就是艺术。许多人本来是笨伯而自信是可能的诗人或艺术家。他们常埋怨道：“可惜我不是一个文学家，否则我的生平可以写成一部很好的小说。”富于艺术材料的生活何以不能产生艺术呢？艺术所用的情感并不是生糙的而是经过反省的。蔡琰在丢开亲生子回国时绝写不出《悲愤诗》，杜甫在“入门闻号眺，幼子饥已卒”时绝写不出《自京赴奉先县咏怀五百字》。这两首诗都是“痛定思痛”的结果。艺术家在写切身的情感时，都不能同时在这种情感中过活，必定把它加以客观化，必定由站在主位的尝受者退为站在客位的观赏者。一般人不能把切身的经验放在一种距离以外去看，所以情感尽管深刻，经验尽管丰富，终不能创造艺术。

子非鱼，安知鱼之乐

各个人都只能直接地了解他自己，
都只能知道自己处某种境地，
有某种知觉，
生某种情感。
至于知道旁人旁物处某种境地、有某种知觉、生某种情感时，
则是凭自己的经验推测出来的。

庄子与惠子游于濠梁之上。

庄子曰："鯈鱼出游从容，是鱼之乐也！"

惠子曰："子非鱼，安知鱼之乐？"

庄子曰："子非我，安知我不知鱼之乐？"

这是《庄子·秋水篇》里的一段故事，是你平时所欢喜玩味的。我现在借这段故事来说明美感经验中的一个极有趣味的道理。

我们通常都有"以己度人"的脾气，因为有这个脾气，对于自己以外的人和物才能了解。严格地说，各个人都只能直接地了解他自己，都只能知道自己处某种境地，有某种知觉，生某种情感。至于知道旁人旁物处某种境地、有某种知觉、生某种情感时，则是凭自己的经验推测出来的。比

如我知道自己在笑时心里欢喜，在哭时心里悲痛，看到旁人笑也就以为他心里欢喜，看见旁人哭也以为他心里悲痛。我知道旁人旁物的知觉和情感如何，都是拿自己的知觉和情感来比拟。我只知道自己，我知道旁人旁物时是把旁人旁物看成自己，或是把自己推到旁人旁物的地位。庄子看到鯈鱼“出游从容”便觉得它乐，因为他自己对于“出游从容”的滋味是有经验的。人与人，人与物，都有共同之点，所以他们都有互相感通之点。假如庄子不是鱼就无从知鱼之乐，每个人就要各成孤立世界，和其他人物都隔着一层密不通风的墙壁,人与人以及人与物之间便无心灵交通的可能了。

这种“推己及物”、“设身处地”的心理活动不尽是有意的，出于理智的,所以它往往发生幻觉。鱼没有反省的意识,是否能够像人一样“乐”，这种问题大概在庄子时代的动物心理学也还没有解决，而庄子硬拿“乐”字来形容鱼的心境，其实不过把他自己的“乐”的心境外射到鱼的身上罢了，他的话未必有科学的谨严与精确。我们知觉外物，常把自己所得的感觉外射到物的本身上去，把它误认为物所固有的属性，于是本来在我的就变成在物的了。比如我们说“花是红的”时，是把红看作花所固有的属性，好像是以为纵使没有人去知觉它，它也还是在那里。其实花本身只有使人觉到红的可能性，至于红却是视觉的结果。红是长度为若干的光波射到眼球网膜上所生的印象。如果光波长一点或是短一点，眼球网膜的构造换一个样子，红的色觉便不会发生。患色盲的人根本就不能辨别红色，就是眼睛健全的人在薄暮光线暗淡时也不能把红色和绿色分得清楚，从此可知严格地说，我们只能说“我觉得花是红的”。我们通常都把“我觉得”三字略去而直说“花是红的”，于是在我的感觉遂被误认为在物的属性了。日常对于外物的知觉都可作如是观。“天气冷”其实只是“我觉得天气冷”，鱼也许和我不一致；“石头太沉重”其实只是“我觉得它太沉重”，大力士或许还嫌它太轻。

云何尝能飞？泉何尝能跃？我们却常说云飞泉跃；山何尝能鸣？谷何尝能应？我们却常说山鸣谷应。在说云飞泉跃、山鸣谷应时，我们比说花红石头重，又更进一层了。原来我们只把在我的感觉误认为在物的属性，现在我们却把无生气的东西看成有生气的东西，把它们看作我们的侪辈，觉得它们也有性格，也有情感，也能活动。这两种说话的方法虽不同，道理却是一样，都是根据自己的经验来了解外物。这种心理活动通常叫做“移情作用”。

“移情作用”是把自己的情感移到外物身上去，仿佛觉得外物也有同样的情感。这是一个极普遍的经验。自己在欢喜时，大地山河都在扬眉带笑；自己在悲伤时，风云花鸟都在叹气凝愁。惜别时蜡烛可以垂泪，兴到时青山亦觉点头。柳絮有时“轻狂”，晚峰有时“清苦”。陶渊明何以爱菊呢？因为他在傲霜残枝中见出孤臣的劲节；林和靖何以爱梅呢？因为他在暗香疏影中见出隐者的高标。

从这几个实例看，我们可以看出移情作用是和美感经验有密切关系的。移情作用不一定就是美感经验，而美感经验却常含有移情作用。美感经验中的移情作用不单是由我及物的，同时也是由物及我的；它不仅把我的性格和情感移注于物，同时也把物的姿态吸收于我。所谓美感经验，其实不过是在聚精会神之中，我的情趣和物的情趣往复回流而已。

姑先说欣赏自然美。比如我在观赏一棵古松，我的心境是什么样状态呢？我的注意力完全集中在古松本身的形象上，我的意识之中除了古松的

竹石图

〔清〕郑板桥

松鹊

徐悲鸿

意象之外，一无所有。在这个时候，我的实用的意志和科学的思考都完全失其作用，我没有心思去分别我是我而古松是古松。古松的形象引起清风亮节的类似联想，我心中便隐约觉到清风亮节所常伴着的情感。因为我忘记古松和我是两件事，我就于无意之中把这种清风亮节的气概移置到古松上面去，仿佛古松原来就有这种性格。同时我又不知不觉地受古松的这种性格影响，自己也振作起来，模仿它那一副苍老劲拔的姿态。所以古松俨然变成一个人，人也俨然变成一棵古松。真正的美感经验都是如此，都要达到物我同一的境界，在物我同一的境界中，移情作用最容易发生，因为我们根本就不分辨所生的情感到底是属于我还是属于物的。

再说欣赏艺术美，比如说听音乐。我们常觉得某种乐调快活，某种乐调悲伤。乐调自身本来只有高低、长短、急缓、宏纤的分别，而不能有快乐和悲伤的分别。换句话说，乐调只能有物理而不能有人情。我们何以觉得这本来只有物理的东西居然有人情呢？这也是由于移情作用。这里的移情作用是如何起来的呢？音乐的命脉在节奏。节奏就是长短、高低、急缓、宏纤相继承的关系。这些关系前后不同，听者所费的心力和所用的心的活动也不一致。因此听者心中自起一种节奏和音乐的节奏相平行。听一曲高而缓的调子，心力也随之作一种高而缓的活动；听一曲低而急的调子，心力也随之作一种低而急的活动。这种高而缓或是低而急的心力活动，常蔓延浸润到全部心境，使它变成和高而缓的活动或是低而急的活动相同调，于是听者心中遂感觉一种欢欣鼓舞或是抑郁凄恻的情调。这种情调本来属于听者，在聚精会神之中，他把这种情调外射出去，于是音乐也就有快乐和悲伤的分别了。

再比如说书法。书法在中国向来自成艺术，和图画有同等的身份，近来才有人怀疑它是否可以列于艺术，这般人大概是看到西方艺术史中向来不留位置给书法，所以觉得中国人看重书法有些离奇。其实书法可列于艺术，是无可置疑的。它可以表现性格和情趣。颜鲁公的字就像颜鲁公，赵孟頫的字就像赵孟頫。所以字也可以说是抒情的，不但是抒情的，而且是可以引起移情作用的。横直钩点等等笔画原来是墨涂的痕迹，它们不是高人雅士，原来没有什么“骨力”、“姿态”、“神韵”和“气魄”。但是在名家书法中我们常觉到“骨力”、“姿态”，“神韵”和“气魄”。我们说柳公权的字“劲拔”，赵孟頫的字“秀媚”，这都是把墨涂的痕迹看作有生气有性格的东西，都是把字在心中所引起的意象移到字的本身上面去。

移情作用往往带有无意的模仿。我在看颜鲁公的字时，仿佛对着巍峨的高峰，不知不觉地耸肩聚眉，全身的筋肉都紧张起来，模仿它的严肃；我在看赵孟頫的字时，仿佛对着临风荡漾的柳条，不知不觉地展颐摆腰，全身的筋肉都松懈起来，模仿它的秀媚。从心理学看，这本来不是奇事。凡是观念都有实现于运动的倾向。念到跳舞时脚往往不自主地跳动，念到“山”字时口舌往往不由自主地说出“山”字。通常观念往往不能实现于动作者，由于同时有反对的观念阻止它。同时念到打球又念到泅水，则既不能打球，又不能泅水。如果心中只有一个观念，没有旁的观念和它对敌，则它常自动地现于运动。聚精会神看赛跑时，自己也往往不知不觉地弯起胳膊动起脚来，便是一个好例。在美感经验之中，注意力都是集中在一个意象上面，所以极容易起模仿的运动。

移情的现象可以称之为“宇宙的人情化”，因为有移情作用然后本来只有物理的东西可具人情，本来无生气的东西可有生气。从理智观点看，移情作用是一种错觉，是一种迷信。但是如果把它勾销，不但艺术无由产生，即宗教也无由出现。艺术和宗教都是把宇宙加以生气化和人情化，把人和物的距离以及人和神的距离都缩小。它们都带有若干神秘主义的色彩。所谓神秘主义其实并没有什么神秘，不过是在寻常事物之中见出不寻常的意义。这仍然是移情作用。从一草一木之中见出生气和人情以至于极玄奥的泛神主义，深浅程度虽有不同，道理却是一样。

美感经验既是人的情趣和物的姿态的往复回流，我们可以从这个前提中抽出两个结论来：

一、物的形象是人的情趣的返照。物的意蕴深浅和人的性分密切相关。深人所见于物者亦深，浅人所见于物者亦浅。比如一朵含露的花，在这个人看来只是一朵平常的花，在那个人看或以为它含泪凝愁，在另一个人看或以为它能象征人生和宇宙的妙谛。一朵花如此，一切事物也是如此。因我把自己的意蕴和情趣移于物，物才能呈现我所见到的形象。我们可以说，各人的世界都由各人的自我伸张而成。欣赏中都含有几分创造性。

二、人不但移情于物，还要吸收物的姿态于自我，还要不知不觉地模仿物的形象。所以美感经验的直接目的虽不在陶冶性情，而却有陶冶性情的功效。心里印着美的意象，常受美的意象浸润，自然也可以少存些浊念。苏东坡诗说："宁可食无肉，不可居无竹；无肉令人瘦，无竹令人俗。"竹不过是美的形象之一种，一切美的事物都有不令人俗的功效。

希腊女神的雕像和血色鲜丽的英国姑娘

我从来没有看见过一座希腊女神雕像，
有一位血色鲜丽的英国姑娘的一半美。

我在以上文章所说的话都是回答“美感是什么”这个问题。我们说过，美感起于形象的直觉。它有两个要素：

一、目前意象和实际人生之中有一种适当的距离。我们只观赏这种孤立绝缘的意象，一不问它和其他事物的关系如何，二不问它对于人的效用如何。思考和欲念都暂时失其作用。

二、在观赏这种意象时，我们处于聚精会神以至于物我两忘的境界，所以于无意之中以我的情趣移注于物，以物的姿态移注于我。这是一种极自由的（因为是不受实用目的牵绊的）活动。说它是欣赏也可，说它是创造也可，美就是这种活动的产品，不是天生现成的。

这是我们的立脚点。在这个立脚点上站稳，我们可以打倒许多关于美感的误解。在以下两三章里我要说明美感不是许多人所想象的那么一回事。

我们第一步先打倒享乐主义的美学。

“美”字是不要本钱的，喝一杯滋味好的酒，你称赞它“美”，看见一朵颜色很鲜明的花，你称赞它“美”，碰见一位年轻姑娘，你称赞她“美”，读一首诗或是看一座雕像，你也还是称赞它“美”。这些经验显然不尽是一致的。究竟怎样才算“美”呢？一般人虽然不知道什么叫做“美”，但是都知道什么样就是愉快。拿一幅画给一个小孩子或是未受艺术教育的人看，征求他的意见，他总是说“很好看”。如果追问他：“它何以好看？”他不外是回答说：“我欢喜看它，看了它就觉得很愉快。”通常人所谓“美”大半就是指“好看”，指“愉快”。

不仅普通人如此，许多声名煊赫的文艺批评家也把美感和快感混为一件事。英国十九世纪有一位学者叫做罗斯金，他著过几十册书谈建筑和图画，就曾经很坦白地告诉人说：“我从来没有看见过一座希腊女神雕像，有一位血色鲜丽的英国姑娘的一半美。”从愉快的标准看，血色鲜丽的姑娘引诱力自然是比女神雕像的大；但是你觉得一位姑娘“美”和你觉得一座女神雕像“美”时是否相同呢？《红楼梦》里的刘姥姥想来不一定有什么风韵，虽然不能邀罗斯金的青眼，在艺术上却仍不失其为美。一个很漂亮的姑娘同时做许多画家的“模特儿”，可是她的画像在一百张之中不一定有一张比得上伦勃朗（荷兰人物画家）的“老太婆”。英国姑娘的“美”和希腊女神雕像的“美”显然是两件事，一个是只能引起快感的，一个是只能引起美感的。罗斯金的错误在把英国姑娘的引诱性做“美”的标准，去测量艺术作品。艺术是另一世界里的东西，对于实际人生没有引诱性，所以他以为比不上血色鲜丽的英国姑娘。

美感和快感究竟有什么分别呢？有些人见到快感不尽是美感，替它们勉强定一个分别来，却又往往不符事实。英国有一派主张“享乐主义”的美学家就是如此。他们所见到的分别彼此又不一致。有人说耳、目是“高等感官”，其余鼻、舌、皮肤、筋肉等等都是“低等感官”，只有“高等感官”可以尝到美感而“低等感官”则只能尝到快感。有人说引起美感的东西可以同时引起许多人的美感,引起快感的东西则对于这个人引起快感，对于那个人或引起不快感。美感有普遍性，快感没有普遍性。这些学说在历史上都发生过影响，如果分析起来，都是一钱不值的。拿什么标准说耳、目是“高等感官”？耳、目得来的有些是美感，有些也只是快感，我们如何去分别？“客去茶香余舌本”，“冰肌玉骨，自清凉无汗”等名句是否与“低等感官”不能得美感之说相容？至于普遍不普遍的话更不足为凭。口腹有同嗜而艺术趣味却往往随人而异。陈年花雕是吃酒的人大半都称赞它美的，一般人却不能欣赏后期印象派的图画。我曾经听过一位很时髦的英国老太婆说道：“我从来没有见过比金字塔再拙劣的东西。”

从我们的立脚点看，美感和快感是很容易分别的。美感与实用活动无关，而快感则起于实际要求的满足。口渴时要喝水，喝了水就觉到快感；腹饥时要吃饭，吃了饭也就得到快感。喝美酒所得的快感由于味感得到所需要的刺激，和饱食暖衣的快感同为实用的，并不是起于“无所为而为”的形象的观赏。至于看血色鲜丽的姑娘，可以生美感也可以不生美感。如果你觉得她是可爱的，给你做妻子你还不讨厌她，你所谓“美”就只是指合于满足性欲需要的条件，“美人”就只是指对于异性有引诱力的女子。如果你见了她不起性欲的冲动，只把她当作线纹匀称的形象看，那就和欣赏雕像或画像一样了。美感的态度不带意志，所以不带占有欲。在实际上性欲本能是一个最强烈的本能，看见血色鲜丽的姑娘而能“心如古井”地不动，只一味欣赏曲线美，是一般人所难能的。所以就美感说，罗斯金所

圣母圣婴

米开朗基罗

1521–1534

意大利佛罗伦萨圣劳伦佐教堂

称赞的血色鲜丽的英国姑娘对于实际人生距离太近，不一定比希腊女神雕像的价值高。

谈到这里，我们可以顺便地说一说弗洛伊德派心理学在文艺上的应用。大家都知道，弗洛伊德把文艺都认为是性欲的表现。性欲是最原始最强烈的本能，在文明社会里，它受道德、法律种种社会的牵制，不能得充分的满足，于是被压抑到“隐意识”里去成为“情意综”。但是这种被压抑的欲望还是要偷空子化装求满足的。文艺和梦一样，都是带着假面具逃开意识检查的欲望。举一个例来说。男子通常都特别爱母亲，女子通常都特别爱父亲。依弗洛伊德看，这就是性爱。这种性爱是反乎道德法律的，所以被压抑下去，在男子则成“俄狄浦斯情意综”，在女子则成“厄勒克特拉情意综”。这两个奇怪的名词是怎样讲呢？俄狄浦斯原来是古希腊的一个王子，曾于无意中弑父娶母，所以他可以象征子对于母的性爱；厄勒克特拉是古希腊的一个公主，她的母亲爱了一个男子把丈夫杀了，她怂恿她的兄弟把母亲杀了，替父亲报仇，所以她可以象征女对于父的性爱。在许多民族的神话里面，伟大的人物都有母而无父，耶稣和孔子就是著例，耶稣是上帝授胎的，孔子之母祷于尼丘而生孔子。在弗洛伊德派学者看，这都是“俄狄浦斯情意综”的表现。许多文艺作品都可以用这种眼光来看，都是被压抑的性欲因化装而得满足。

依这番话看，弗洛伊德的文艺观还是要拿到享乐主义里去，他自己就常欢喜用“快感原则”这个名词。在我们看，他的毛病也在把快感和美感混淆，把艺术的需要和实际人生的需要混淆。美感经验的特点在“无所为而为”地观赏形象。在创造或欣赏的一刹那中，我们不能仍然在所表现的情感里过活，一定要站在客位把这种情感当一幅意象去观赏。如果作者写性爱小说，读者看性爱小说，都是为着满足自己的性欲，那就无异于为着饥而吃饭，为着冷而穿衣，只是实用的活动而不是美感的活动了。文艺的内容尽管有关性欲，可是我们在创造或欣赏时却不能同时受性欲冲动的驱遣，须站在客位把它当作形象看。世间自然也有许多人欢喜看淫秽的小说去刺激性欲或是满足性欲，但是他们所得的并不是美感。弗洛伊德派的学者的错处不在主张文艺常是满足性欲的工具，而在把这种满足认为美感。

美感经验是直觉的而不是反省的。在聚精会神之中我们既忘去自我，自然不能觉得我是否欢喜所观赏的形象，或是反省这形象所引起的是不是快感。我们对于一件艺术作品欣赏的浓度愈大，就愈不觉得自己是在欣赏它，愈不觉得所生的感觉是愉快的。如果自己觉到快感，我便是由直觉变而为反省，好比提灯寻影，灯到影灭，美感的态度便已失去了。美感所伴的快感，在当时都不觉得，到过后才回忆起来。比如读一首诗或是看一幕戏，当时我们只是心领神会，无暇他及，后来回想，才觉得这一番经验很愉快。

这个道理一经说破，本来很容易了解。但是许多人因为不明白这个很浅显的道理，遂走上迷路。近来德国和美国有许多研究“实验美学”的人就是如此。他们拿一些颜色、线形或是音调来请受验者比较，问他们欢喜哪一种，讨厌哪一种，然后作出统计来，说某种颜色是最美的，某种线形是最丑的。独立的颜色和画中的颜色本来不可相提并论。在艺术上部分之和并不等于全体，而且最易引起快感的东西也不一定就美。他们的错误是很显然的。

记得绿罗裙，处处怜芳草

由萋萋芳草，联想到绿罗裙，
也可以由一件古董，
联想到金钱，
并不是所有的联想，
都是美的。
纯粹的美，
永远是一种“专注”。

美感与快感之外，还有一个更易惹误解的纠纷问题，就是美感与联想。

什么叫做联想呢？联想就是见到甲而想到乙。甲唤起乙的联想通常不外起于两种原因：或是甲和乙在性质上相类似，例如看到春光想起少年，看到菊花想到节士；或是甲和乙在经验上曾相接近，例如看到扇子想起萤火虫，走到赤壁想起曹孟德或苏东坡。类似联想和接近联想有时混在一起，牛希济的“记得绿罗裙，处处怜芳草”两句词就是好例。词中主人何以“记得绿罗裙”呢？因为罗裙和他的欢爱者相接近；他何以“处处怜芳草”呢？因为芳草和罗裙的颜色相类似。

意识在活动就是联想在进行，所以我们差不多时时刻刻都在起联想。听到声音知道说话的是谁，见到一个字知道它的意义，都是起于联想作用。联想是以旧经验诠释新经验，如果没有它，知觉、记忆和想象都不能发生，因为它们都得根据过去的经验。从此可知联想为用之广。

联想有时可用意志控制，作文构思时或追忆一时记不起的过去经验时，都是勉强把联想挤到一条路上去走。但是在大多数情境之中，联想是自由的，无意的，飘忽不定的。听课读书时本想专心，而打球、散步、吃饭、邻家的猫儿种种意象总是不由你自主地闯进脑里来，失眠时越怕胡思乱想，越禁止不住胡思乱想。这种自由联想好比水流湿，火就燥，稍有勾搭，即被牵绊，未登九天，已入黄泉。比如我现在从“火”字出发，就想到红、石榴、家里的天井、浮山、雷鲤的诗、鲤鱼、孔夫子的儿子等等，这个联想线索前后相承，虽有关系可寻，但是这些关系都是偶然的。我的“火”字的联想线索如此，换一个人或是我自己在另一时境，“火”字的联想线索却另是一样。从此可知联想的散漫飘忽。

联想的性质如此。多数人觉得一件事物美时，都是因为它能唤起甜美的联想。

在“记得绿罗裙，处处怜芳草”的人看，芳草是很美的。颜色心理学中有许多同类的事实。许多人对于颜色都有所偏好，有人偏好红色，有人偏好青色，有人偏好白色。据一派心理学家说，这都是出于联想作用。例如红是火的颜色，所以看到红色可以使人觉得温暖；青是田园草木的颜色，所以看到青色可以使人想到乡村生活的安闲。许多小孩子和乡下人看画，都只是欢喜它的花红柳绿的颜色。有些人看画，欢喜它里面的故事，乡下人欢喜把孟姜女、薛仁贵、桃园三结义的图糊在壁上做装饰，并不是因为那些木板雕刻的图好看，是因为它们可以提起许多有趣故事的联想。这种脾气并不只是乡下人才有。我每次陪朋友们到画馆里去看画，见到他们所特别注意的第一是几张有声名的画，第二是有历史性的作品如耶稣临刑图、拿破仑结婚图之类，像伦勃朗所画的老太公、老太婆，和后期印象派的山水风景之类的作品，他们却不屑一顾。此外又有些人看画（和看一切其他艺术作品一样），偏重它所含的道德教训。道学先生看到裸体雕像或画像，都不免起若干嫌恶。记得詹姆斯在他的某一部书里说过有一次见过一位老修道妇，站在一幅耶稣临刑图面前合掌仰视，悠然神往。旁边人问她那幅画如何，她回答说："美极了，你看上帝是多么仁慈，让自己的儿子去牺牲，来赎人类的罪孽！"

在音乐方面，联想的势力更大。多数人在听音乐时，除了联想到许多美丽的意象之外，便别无所得。他们欢喜这个调子，因为它使他们想起清风明月；不欢喜那个调子，因为它唤醒他们以往的悲痛的记忆。钟子期何以负知音的雅名？因为他听伯牙弹琴时，惊叹说："善哉！峨峨兮若泰山，洋洋兮若汀河。"李颀在胡笳声中听到什么？他听到的是"空山百鸟散还合，万里浮云阴且晴"。白乐天在琵琶声中听到什么？他听到的是"银瓶乍破水浆迸，铁骑突出刀枪鸣"。苏东坡怎样形容洞箫？他说："其声呜呜然，如怨如慕，如泣如诉。余音袅袅，不绝如缕。舞幽谷之潜蛟，泣孤舟之嫠妇。"这些数不尽的例子都可以证明多数人欣赏音乐，都是欣赏它所唤起的联想。

联想所伴的快感是不是美感呢？

历来学者对于这个问题可分两派，一派的答案是肯定的，一派的答案是否定的。这个争辩就是在文艺思潮史中闹得很凶的形式和内容的争辩。依内容派说，文艺是表现情思的，所以文艺的价值要看它的情思内容如何而决定。第一流文艺作品都必有高深的思想和真挚的情感。这句话本来是不可辩驳的。但是侧重内容的人往往从这个基本原理抽出两个其他的结论，

夜巡

伦勃朗·梵·莱茵

1642

荷兰阿姆斯特丹国立博物馆

第一个结论是题材的重要。所谓题材就是情节。他们以为有些情节能唤起美丽堂皇的联想，有些情节只能唤起丑陋凡庸的联想。比如做史诗和悲剧，只应采取英雄为主角，不应采取愚夫愚妇。第二个结论就是文艺应含有道德的教训。读者所生的联想既随作品内容为转移，则作者应设法把读者引到正经路上去，不要用淫秽卑鄙的情节摇动他的邪思。这些学说发源较早，它们的影响到现在还是很大。从前人所谓“思无邪”、“言之有物”、“文以载道”，现在人所谓“哲理诗”、“宗教艺术”、“革命文学”等等，都是侧重文艺的内容和文艺的无关美感的功效。

这种主张在近代颇受形式派的攻击，形式派的标语是“为艺术而艺术”。他们说，两个画家同用一个模特儿，所成的画价值有高低；两个文学家同用一个故事，所成的诗文意蕴有深浅。许多大学问家、大道德家都没有成为艺术家，许多艺术家并不是大学问家、大道德家。从此可知艺术之所以为艺术，不在内容而在形式。如果你不是艺术家，纵有极好的内容，也不能产生好作品出来；反之，如果你是艺术家，极平庸的东西经过灵心妙运点铁成金之后，也可以成为极好的作品。印象派大师如莫奈、梵高诸人不是往往在一张椅子或是几间破屋之中表现一个情深意永的世界出来吗？这一派学说到近代才逐渐占势力。在文学方面的浪漫主义，在图画方面的印象主义，尤其是后期印象主义，在音乐方面的形式主义，都是看轻内容的。单拿图画来说，一般人看画，都先问里面画的是什么，是怎样的人物或是怎样的故事。这些东西在术语上叫做“表意的成分”。近代有许多画家就根本反对画中有任何“表意的成分”。看到一幅画，他们只注意它的颜色、线纹和阴影，不问它里面有什么意义或是什么故事。假如你看到这派的作品，你起初只望见许多颜色凑合在一起，须费过一番审视和猜度，才知道所画的是房子或是崖石。这一派人是最反对杂联想于美感的。

这两派的学说都持之有故，言之成理，我们究竟何去何从呢？我们否认艺术的内容和形式可以分开来讲（这个道理以后还要谈到），不过关于美感与联想这个问题，我们赞成形式派的主张。

就广义说，联想是知觉和想象的基础；艺术不能离开知觉和想象，就不能离开联想。但是我们通常所谓联想，是指由甲而乙，由乙而丙，辗转不止的乱想。就这个普通的意义说，联想是妨碍美感的。美感起于直觉，不带思考，联想却不免带有思考。在美感经验中我们聚精会神于一个孤立绝缘的意象上面，联想则最易使精神涣散，注意力不专一，使心思由美感的意象旁迁到许多无关美感的事物上面去。在审美时我看到芳草就一心一意地领略芳草的情趣；在联想时我看到芳草就想到罗裙，又想到穿罗裙的美人，既想到穿罗裙的美人，心思就已不复在芳草了。

联想大半是偶然的。比如说，一幅画的内容是“西湖秋月”，如果观者不聚精会神于画的本身而信任联想，则甲可以联想到雷峰塔，乙可以联想到往日同游西湖的美人，这些联想纵然有时能提高观者对于这幅画的好感，画本身的美却未必因此而增加，而画所引起的美感则反因精神涣散而减少。

知道这番道理，我们就可以知道许多通常被认为美感的经验其实并非美感了。假如你是武昌人，你也许特别欢喜崔颢的《黄鹤楼》诗；假如你是陶渊明的后裔，你也许特别欢喜《陶渊明集》；假如你是道德家，你也许特别欢喜《打鼓骂曹》的戏或是韩退之的《原道》；假如你是古董贩，你也许特别欢喜河南新出土的龟甲文或是敦煌石室里面的壁画；假如你知道达·芬奇的声名大，你也许特别欢喜他的《蒙娜丽莎》。这都是自然的倾向，但是这都不是美感，都是持实际人的态度，在艺术本身以外求它的价值。

清晨时分的塞纳河

1897

克劳德·莫奈

清晨时分的塞纳河

1897

克劳德·莫奈

情人眼底出西施

在内心先酝酿成一个尽善尽美的女子，
然后把她放射到你爱的人身上，
所以你爱的人其实不过是寄托精灵的躯壳。

我们关于美感的讨论，到这里可以告一段落了，现在最好把上文所说的话回顾一番，看我们已经占住了多少领土。美感是什么呢？从积极方面说，我们已经明白美感起于形象的直觉，而这种形象是孤立自足的，和实际人生有一种距离；我们已经见出美感经验中我和物的关系，知道我的情趣和物的姿态交感共鸣，才见出美的形象。从消极方面说，我们已经明白美感一不带意志欲念，有异于实用态度，二不带抽象思考，有异于科学态度；我们已经知道一般人把寻常快感、联想以及考据与批评认为美感的经验是一种大误解。

美生于美感经验，我们既然明白美感经验的性质，就可以进一步讨论美的本身了。

什么叫做美呢？

在一般人看，美是物所固有的。有些人物生来就美，有些人物生来就丑。比如称赞一个美人，你说她像一朵鲜花，像一颗明星，像一只轻燕，你决不说她像一个布袋，像一头犀牛或是像一只癞蛤蟆。这就分明承认鲜花、明星和轻燕一类事物原来是美的，布袋、犀牛和癞蛤蟆一类事物原来是丑的。说美人是美的，也犹如说她是高是矮是肥是瘦一样，她的高矮肥瘦是她的星宿定的，是她从娘胎带来的，她的美也是如此，和你看者无关。这种见解并不限于一般人，许多哲学家和科学家也是如此想。所以他们费许多心力去实验最美的颜色是红色还是蓝色，最美的形体是曲线还是直线，最美的音调是 G 调还是 F 调。

但是这种普遍的见解显然有很大的难点，如果美本来是物的属性，则凡是长眼睛的人们应该都可以看到，应该都承认它美，好比一个人的高矮，有尺可量，是高大家就要都说高，是矮大家就要都说矮。但是美的估定就没有一个公认的标准。假如你说一个人美，我说她不美，你用什么方法可以说服我呢？有些人欢喜辛稼轩而讨厌温飞卿，有些人欢喜温飞卿而讨厌辛稼轩，这究竟谁是谁非呢？同是一个对象，有人说美，有人说丑，从此可知美本在物之说有些不妥了。

因此，有一派哲学家说美是心的产品。美如何是心的产品，他们的说法却不一致。康德以为美感判断是主观的而却有普遍性，因为人心的构造彼此相同。黑格尔以为美是在个别事物上见出概念或理想。比如你觉得峨眉山美，由于它表现“庄严”、“厚重”的概念。你觉得《孔雀东南飞》美，由于它表现“爱”与“孝”两种理想的冲突。托尔斯泰以为美的事物都含有宗教和道德的教训。此外还有许多其他的说法。说法既不一致，就只有都是错误的可能而没有都是不错的可能，好比一个数学题生出许多不

春天

克劳德·莫奈

1872

同的答数一样。大约哲学家们都犯过信理智的毛病，艺术的欣赏大半是情感的而不是理智的。在觉得一件事物美时，我们纯凭直觉，并不是在下判断，如康德所说的；也不是在从个别事物中见出普遍原理，如黑格尔、托尔斯泰一般人所说的；因为这些都是科学的或实用的活动，而美感并不是科学的或实用的活动。还不仅此，美虽不完全在物却亦非与物无关，你看到峨眉山才觉得庄严、厚重，看到一个小土墩却不能觉得庄严、厚重。从此可知物须先有使人觉得美的可能性，人不能完全凭心灵创造出美来。

依我们看，美不完全在外物，也不完全在人心，它是心物婚媾后所产生的婴儿。美感起于形象的直觉。形象属物而却不完命属于物，因为无我即无由见出形象，直觉属我却又不完全属于我，因为无物则直觉无从活动。美之中要有人情也要有物理，二者缺一都不能见出美。再拿欣赏古松的例子来说，松的苍翠劲直是物理，松的清风亮节是人情。从“我”的方面说，古松的形象并非天生自在的，同是一棵古松，千万人所见到的形象就有千万不同，所以每个形象都是每个人凭着人情创造出来的，每个人所见到的古松的形象就是每个人所创造的艺术品，它有艺术品通常所具的个性，它能表现各个人的性分和情趣。从“物”的方面说，创造都要有创造者和所创造物，所创造物并非从无中生有，也要有若干材料，这材料也要有创造成美的可能性。松所生的意象和柳所生的意象不同，和癞蛤蟆所生的意象又不同。所以松的形象这一个艺术品的成功，一半是我的贡献，一半是松的贡献。

这里我们要进一步研究我与物如何相关了。何以有些事物使我觉得美，有些事物使我觉得丑呢？我们最好用一个浅例来说明这个道理。比如我们看下列六条垂直线，往往把它们看成三个柱子，觉得这三个柱子所围的空间（即A与B、C与D和E与F所围的空间）离我们较近，而B与C以及D与E所围的空间则看成背景，离我们较远。还不仅此。我们把这六条垂直线摆在一块看，它们仿佛自成一个谐和的整体；至于G与H两条没有规律的线则仿佛是这整体以外的东西，如果勉强把它搭上前面的六条线一块看，就觉得它不和谐。

（1）A与B、C与D、E与F距离都相等。

（2）B与C、D与E距离相等，略大于A与B的距离。

（3）F与G的距离较B与C的距离大。

（4）A、B、C、D、E、F为六条平行垂直线，G与H为两条没有规律的线。

从这个有趣的事实，我们可以看出两个很重要的道理：

一、最简单的形象的直觉都带有创造性。把六条垂直线看成三个柱子，就是直觉到一种形象。它们本来同是垂直线，我们把A和B选在一块看，却不把B和C选在一块看；同是直线所围的空间，本来没有远近的分别，我们却把A、B中空间看得近，把B、C中空间看得远。从此可知在外物者原来是散漫混乱，经过知觉的综合作用，才现出形象来。形象是心灵从混乱的自然中所创造成的整体。

二、心灵把混乱的事物综合成整体的倾向却有一个限制，事物也要本来就有可综合为整体的可能性。A至F六条线可以看成一个整体，G与H两条线何以不能纳入这个整体里面去呢？这里我们很可以见出在觉美觉丑时心和物的关系。我们从左看到右时，看出CD和AB相似，DE又和BC

相似。这两种相似的感觉便在心中形成一个有规律的节奏，使我们预料此后都可由此例推，右边所有的线都顺着左边诸线的节奏。视线移到 EF 两线时，所预料的果然出现，EF 果然与 CD 也相似。预料而中，自然发生一种快感。但是我们再向右看，看到 G 与 H 两线时，就猛觉与前不同，不但 G 和 F 的距离猛然变大，原来是像柱子的平行垂直线，现在却是两条毫无规律的线。这是预料不中，所以引起不快感。因此 G 与 H 两线不但在物理方面和其他六条线不同，在情感上也和它们不能谐和，所以被摈于整体之外。

这里所谓“预料”自然不是有意的，好比深夜下楼一样，步步都踏着一步梯，就无意中预料以下都是如此，倘若猛然遇到较大的距离，或是踏到平地，才觉得这是出乎意料。许多艺术都应用规律和节奏，而规律和节奏所生的心理影响都以这种无意的预料为基础。

懂得这两层道理，我们就可以进一步来研究美与自然的关系了。一般人常欢喜说“自然美”，好像以为自然中已有美，纵使没有人去领略它，美也还是在那里。这种见解就是我们在上文已经驳过的美本在物的说法。其实“自然美”三个字，从美学观点看，是自相矛盾的，是“美”就不“自然”，只是“自然”就还没有成为“美”。说“自然美”就好比说上文六条垂直线已有三个柱子的形象一样。如果你觉得自然美，自然就已经过艺术化，成为你的作品，不复是生糙的自然了。比如你欣赏一棵古松，一座高山，或是一湾清水，你所见到的形象已经不是松、山、水的本色，而是经过人情化的。各人的情趣不同，所以各人所得于松、山、水的也不一致。

杨树

克劳德·莫奈

1891

美国费城博物馆

流行语中有一句话说得极好：“情人眼底出西施。”美的欣赏极似“柏拉图式的恋爱”。你在初尝恋爱的滋味时，本来也是寻常血肉做的女子却变成你的仙子。你所理想的女子的美点她都应有尽有。在这个时候，你眼中的她也不复是她自己原身而是经你理想化过的变形。你在理想中先酝酿成一个尽美尽善的女子，然后把她外射到你的爱人身上去，所以你的爱人其实不过是寄托精灵的躯骸。你只见到精灵，所以觉得无瑕可指；旁人冷眼旁观，只见到躯骸，所以往往诧异道：“他爱上她，真是有些奇怪。”一言以蔽之，恋爱中的对象是已经艺术化过的自然。

美的欣赏也是如此，也是把自然加以艺术化。所谓艺术化，就是人情化和理想化。不过美的欣赏和寻常恋爱有一个重要的异点。寻常恋爱都带有很强烈的占有欲，你既恋爱一个女子，就有意无意地存有“欲得之而甘心”的态度。美感的态度则丝毫不带占有欲。一朵花无论是生在邻家的园子里或是插在你自己的瓶子里，你只要能欣赏，它都是一样美。老子所说的“为而不有，功成而不居”，可以说是美感态度的定义。古董商和书画金石收藏家大半都抱有“奇货可居”的态度，很少有能真正欣赏艺术的。我在上文说过，美的欣赏极似“柏拉图式的恋爱”，所谓“柏拉图式的恋爱”对于所爱者也只是无所为而为的欣赏，不带占有欲。这种恋爱是否可能，颇有人置疑，但是历史上有多少著例，凡是到极浓度的初恋者也往往可以达到胸无纤尘的境界。

依样画葫芦

自然只是一部字典而不是一部书。
“美”是创造出来的，
不是天生自在俯拾即是的，
它都是“抒情的表现”。

从美学观点看，“自然美”虽是一个自相矛盾的名词，但是通常说“自然美”时所用的“美”字却另有一种意义，和说“艺术美”时所用的“美”字不应该混为一事，这个分别非常重要，我们须把它剖析清楚。

自然本来混整无别，许多分别都是从人的观点看出来的。离开人的观点而言，自然本无所谓真伪，真伪是科学家所分别出来以便利思想的；自然本无所谓善恶，善恶是伦理学家所分别出来以规范人类生活的。同理，离开人的观点而言，自然也本无所谓美丑，美丑是观赏者凭自己的性分和情趣见出来的。自然界唯一无二的固有的分别，只是常态与变态的分别。通常所谓“自然美”就是指事物的常态，所谓“自然丑”就是指事物的变态。

举个例来说，比如我们说某人的鼻子生得美，它大概应该像什么样子呢？太大的、太小的、太高的、太低的、太肥的、太瘦的鼻子都不能算得美。美的鼻子一定大小肥瘦高低件件都合适。我们说它不太高，说它件件都合适，这就是承认鼻子的大小高低等原来有一个标准。这个标准是如何定出来的呢？你如果仔细研究，就可以发见它是取决多数，像选举投票一样。如果一百人之中有过半数的鼻子是一寸高，一寸就成了鼻高的标准。不及一寸高的鼻子，就使人嫌它太低，超过一寸高的鼻子就使人嫌它太高。鼻子通常都是从上面逐渐高到下面来，所以称赞生得美的鼻子，我们往往说它“如悬胆”。如果鼻子上下都是一样粗细，像腊肠一样，或是鼻孔朝天露出，那就太稀奇古怪了，稀奇古怪便是变态。通常人说一件事丑，其实不过是因为它稀奇古怪。

照这样说，世间美鼻子应该多于丑鼻子，何以实际上不然呢？自然美的难，难在件件都合式。高低合式的大小或不合适，大小合式的肥瘦或不合式。所谓“式”就是标准，就是常态，就是最普遍的性质。自然美为许多最普遍的性质之总和。就每个独立的性质说，它是最普遍的；但是就总和说，它却不可多得，所以成为理想，为人称美。

一切自然事物的美丑都可以作如是观。宋玉形容一个美人说：

天下之佳人莫若楚国，楚国之丽者莫若臣里，臣里之美者莫若臣东家之子。东家之子增之一分则太长，减之一分则太短，著粉则太白，施朱则太赤。

照这样说，美人的美就在安不上“太”字，一安上“太”字就不免有些丑了。“太”就是超过常态，就是稀奇古怪。

人物都以常态为美。健全是人体的常态，耳聋、口吃、面麻、颈肿、背驼、足跛，都不是常态，所以都使人觉得丑。一般生物的常态是生气蓬勃，活泼灵巧。所以就自然美而论，猪不如狗，龟不如蛇，樗不如柳，老年人不如少年人。非生物也是如此。山的常态是巍峨，所以巍峨最易显出山的美；水的常态是浩荡明媚，所以浩荡明媚最易显出水的美。同理，花

向日葵

文森特·梵高

1887

荷兰阿姆斯特丹梵高美术馆

宜清香，月宜皎洁，春风宜温和，秋雨宜凄厉。

通常所谓“自然美”和“自然丑”，分析起来，意义不过如此。艺术上所谓美丑，意义是否相同呢?

一般人大半以为自然美和艺术美的对象和成因虽不同,而其为美则一。自然丑和艺术丑也是如此。这个普遍的误解酿成艺术史上两种表面相反而实在都是错误的主张，一是写实主义，一是理想主义。

写实主义是自然主义的后裔。自然主义起于法人卢梭。他以为上帝经手创造的东西，本来都是尽美尽善，人伸手进去搅扰，于是它们才被弄糟。人工造作，无论如何精巧，终比不上自然。自然既本来就美，艺术家最聪明的办法就是模仿它。在英人罗斯金看，艺术原来就是从模仿自然起来的。人类本来住在露天的树林中，后来他们建筑房屋，仍然是以树林和天空为模型。建筑如此，其他艺术亦然。人工不敌自然，所以用人工去模仿自然时，最忌讳凭己意选择去取。罗斯金说：

纯粹主义者拣选精粉，感官主义者杂取秕糠，至于自然主义则兼容并包，是粉就拿来制饼，是草就取来塞床。

这段话后来变成写实派的信条。写实主义最盛于 19 世纪后半叶的法国，尤其是在小说方面。左拉是大家公认的代表。所谓写实主义就是完全照实在描写，愈像愈妙。比如描写一个酒店就要活像一个酒店，描写一个妓女就要活像一个妓女。既然是要像，就不能不详尽精确，所以写实派作者欢喜到实地搜集“凭据”，把它们很仔细地写在笔记簿上，然后把它们整理一番，就成了作品。他们写一间房屋时至少也要用三五页的篇幅，才肯放松它。

这种艺术观的难点甚多，最显著的有两端。第一，艺术的最高目的既然只在模仿自然，自然本身既已美了，又何必有艺术呢？如果妙肖自然，是艺术家的唯一能事，则寻常照相家的本领都比吴道子、唐六如高明了。第二，美丑是相对的名词，有丑然后才显得出美。如果你以为自然全体都是美，你看自然时便没有美丑的标准，便否认有美丑的比较，连“自然美”这个名词也没有意义了。

理想主义有见于此。依它说，自然中有美有丑，艺术只模仿自然的美，丑的东西应丢开。美的东西之中又有些性质是重要的，有些性质是琐屑的，艺术家只选择重要的，琐屑的应丢开。这种理想主义和古典主义通常携手并行。古典主义最重“类型”，所谓“类型”就是全类事物的模子。一件事物可以代表一切其他同类事物时就可以说是类型。比如说画马，你不应该画得只像这匹马或是只像那匹马，你该画得像一切马，使每个人见到你的画都觉得他所知道的马恰是像那种模样。要画得像一切马，就须把马的特征，马的普遍性画出来，至于这匹马或那匹马所特有的个性则“琐屑”不足道。假如你选择某一匹马来做模型，它一定也要富于代表性。这就是古典派的类型主义。从此可知类型就是我们在上文所说的事物的常态，就是一般人的“自然美”。

这种理想主义似乎很能邀信任常识者的同情，但是它和近代艺术思潮颇多冲突。艺术不像哲学，它的生命全在具体的形象，最忌讳的是抽象化。凡是一个模样能套上一切人物时就不能适合于任何人，好比衣帽一样。古典派的类型有如几何学中的公理，虽然应用范围很广泛，却不能引起观者的切身的情趣。许多人所公有的性质，在古典派看，虽是精深，而在近代人看，却极平凡、粗浅。近代艺术所搜求的不是类型而是个性，不是彰明较著的色彩而是毫厘之差的阴影。直鼻子、横眼睛是古典派所谓类型。如

自由引导人民

欧仁·德拉克洛瓦

1830

巴黎卢浮宫

果画家只能够把鼻子画直，眼睛画横，结果就难免千篇一律，毫无趣味。他应该能够把这个直鼻子所以异于其他直鼻子的，这个横眼睛所以异于其他横眼睛的地方表现出来，才算是有独到的功夫。

在表面上看，理想主义和写实主义似乎相反，其实它们的基本主张是相同的，它们都承认自然中本来就有所谓美，它们都以为艺术的任务在模仿，艺术美就是从自然美模仿得来的。它们的艺术主张都可以称为“依样画葫芦”的主义。它们所不同者，写实派以为美在自然全体，只要是葫芦，都可以拿来作画的模型；理想派则以为美在类型，画家应该选择一个最富于代表性的葫芦。严格地说，理想主义只是一种精炼的写实主义，以理想派攻击写实派，不过是以五十步笑百步罢了。

艺术对于自然，是否应该持“依样画葫芦”的态度呢？艺术美是否从模仿自然美得来的呢？要回答这个问题，我们应该注意到两件事实：

一、自然美可以化为艺术丑。长在藤子上的葫芦本来很好看，如果你的手艺不高明，画在纸上的葫芦就不很雅观。许多香烟牌和月份牌上面的美人画就是如此，以人而论，面孔倒还端正，眉目倒还清秀；以画而论，则往往恶劣不堪。毛延寿有心要害王昭君，才把她画丑。世间有多少王昭君都被有善意而无艺术手腕的毛延寿糟蹋了。

二、自然丑也可以化为艺术美。本来是一个很丑的葫芦，经过大画家点铁成金的手腕，往往可以成为杰作。大醉大饱之后睡在床上放屁的乡下老太婆未必有什么风韵，但是我们谁不高兴看醉卧怡红院的刘姥姥？从前艺术家大半都怕用丑材料，近来艺术家才知道熔自然丑于艺术美，可以使美者更见其美。荷兰画家伦勃朗欢喜画老朽人物，法国文学家波德莱尔欢喜拿死尸一类的事物做诗题，雕刻家罗丹和爱朴斯丹也常用在自然中为丑的人物，都是最显著的例子。

这两件事实所证明的是什么呢？

一、艺术的美丑和自然的美丑是两件事。

二、艺术的美不是从模仿自然美得来的。

从这两点看，写实主义和理想主义都是一样错误，它们的主张恰与这两层道理相反。要明白艺术的真性质，先要推翻它们的“依样画葫芦”的办法，无论这个葫芦是经过选择，或是没有经过选择的。

我们说“艺术美”时，“美”字只有一个意义，就是事物现形象于直觉的一个特点。事物如果要能现形象于直觉，它的外形和实质必须融化成一气，它的姿态必可以和人的情趣交感共鸣。这种“美”都是创造出来的，不是天生自在俯拾即是的，它都是“抒情的表现”。我们说“自然美”时，“美”字有两种意义。第一种意义的“美”就是上文所说的常态，例如背通常是直的，直背美于驼背。第二种意义的“美”其实就是艺术美。我们在欣赏一片山水而觉其美时，就已经把自己的情趣外射到山水里去，就已把自然加以人情化和艺术化了。所以有人说：“一片自然风景就是一种心境。”一般人的错误在只知道第一种意义的自然美，以为艺术美和第二种意义的自然美原来也不过如此。

法国画家德拉库瓦说得好：“自然只是一部字典而不是一部书。”人人尽管都有一部字典在手边，可是用这部字典中的字来做出诗文，则全凭各人的情趣和才学。做得好诗文的人都不能说是模仿字典。说自然本来就美（“美”字用“艺术美”的意义）者也犹如说字典中原来就有《陶渊明集》和《红楼梦》一类作品在内。这显然是很荒谬的。

问 | 渠 | 哪 | 得 | 清 | 如 | 许

CHAPTER 3

俗人迷于名利，与世浮沉，
心里没有“天光云影”。
就因为没有源头活水。
他们的大病是生命的干枯。

无言之美

这个世界之所以美满，
就在有缺陷，
就在有希望的机会，
有想象的田地。
换句话说，
世界有缺陷，
可能性才大。

孔子有一天突然很高兴地对他的学生说："予欲无言。"子贡就接着问他："子如不言，则小子何述焉？"孔子说："天何言哉？四时行焉，百物生焉。天何言哉？"

这段赞美无言的话，本来从教育方面着想。但是要明了无言的意蕴，宜从美术观点去研究。

言所以达意，然而意绝不是完全可以言达的。因为言是固定的，有迹象的；意是瞬息万变，缥缈无踪的。言是散碎的，意是混整的。言是有限的，意是无限的。以言达意，好像用继续的虚线画实物，只能得其近似。

所谓文学，就是以言达意的一种美术。在文学作品中，语言之先的意象，和情绪意旨所附丽的语言，都要尽美尽善，才能引起美感。

尽美尽善的条件很多。但是第一要不违背美术的基本原理，要“和自然逼真”（true to nature）：这句话讲得通俗一点，就是说美术作品不能说谎。不说谎包含有两种意义：一、我们所说的话，就恰似我们所想说的话。二、我们所想说的话，我们都吐肚子说出来了，毫无余蕴。

意既不可以完全达之以言，“和自然逼真”一个条件在文学上不是做不到吗？或者我们问得再直接一点，假使语言文字能够完全传达情意，假使笔之于书的和存之于心的铢两悉称，丝毫不爽，这是不是文学上所应希求的一件事？

这个问题是了解文学及其他美术所必须回答的。现在我们姑且答道：文字语言固然不能全部传达情绪意旨，假使能够，也并非文学所应希求的。一切美术作品也都是这样，尽量表现，非唯不能，而也不必。

先从事实下手研究。譬如有一个荒村或任何物体，摄影家把它照一幅相，美术家把它画一幅画。这种相片和图画可以从两个观点去比较：第一，相片或图画，哪一个较“和自然逼真”？不消说的，在同一视阈以内的东西，相片都可以包罗尽致，并且体积比例和实物都两两相称，不会有丝毫错误；图画就不然，美术家对一种境遇，未表现之先，先加一番选择。选择定的材料还须经过一番理想化，把美术家的人格参加进去，然后表现出来。所表现的只是实物一部分，就连这一部分也不必和实物完全一致。所以图画决不能如相片一样“和自然逼真”。第二，我们再问，相片和图画所引起的美感哪一个浓厚，所发生的印象哪一个深刻，这也不消说，稍有美术口味的人都觉得图画比相片美得多。

文学作品也是同样。譬如《论语》，“子在川上曰：‘逝者如斯夫，不舍昼夜！’”几句话决没完全描写出孔子说这番话时候的心境，而“如斯夫”三字更笼统，没有把当时的流水形容尽致。如果说详细一点，孔子也许这样说：“河水滚滚地流去，日夜都是这样，没有一刻停止。世界上一切事物不都像这流水时常变化不尽吗？过去的事物不就永远过去决不回头吗？我看见这流水心中好不惨伤呀！……”但是纵使这样说去，还没有尽意。而比较起来，“逝者如斯夫，不舍昼夜！”九个字比这段长而臭的演义就值得玩味多了！在上等文学作品中——尤其在诗词中——这种言不尽意的例子处处都可以看见。譬如陶渊明的《时运》，“有风自南，翼彼新苗”；《读<山海经>》，“微雨从东来，好风与之俱”，本来没有表现出诗人的情绪，然而玩味起来，自觉有一种闲情逸致，令人心旷神怡。钱起的《省试湘灵鼓瑟》末二句，“曲终人不见，江上数峰青”，也没有说出诗人的心绪，然而一种凄凉惜别的神情自然流露于言语之外。此外像陈子昂的《幽州台怀古》：“前不见古人，后不见来者，念天地之悠悠，独怆然而泪下！”李白的《怨情》：“美人卷珠帘，深坐颦蛾眉。但见泪痕湿，不知心恨谁。”虽然说明了诗人的情感，而所说出来的多么简单，所含蓄的多么深远？再就写景说，无论何种境遇，要描写得惟妙惟肖，都要费许多笔墨。但是大手笔只选择两三件事轻描淡写一下，完全境遇便呈露眼前，栩栩如生。譬如陶渊明的《归园田居》：“方宅十余亩，草屋八九间。榆柳阴后檐，桃李罗堂前。暧暧远人村，依依墟里烟。狗吠深巷中，鸡鸣桑树颠。”四十字把乡村风景描写多么真切！再如杜工部的《后出塞》：“落日照大地，马鸣风萧萧。平沙列万幕，部伍各见招。中天悬明月，令严夜寂寥。悲笳数声动，壮士惨不骄。”寥寥几句话，把月夜沙场状况写得多么有声有色，然而仔细观察起来，乡村景物还有多少为陶渊明所未提及，战地情况还有多少为杜工部所未提及。从此可知文学上我们并不以尽量表现为难能可贵。

在音乐里面，我们也有这种感想，凡是唱歌奏乐，音调由洪壮急促而变到低微以至于无声的时候，我们精神上就有一种沉默肃穆和平愉快的景象。白香山在《琵琶行》里形容琵琶声音暂时停顿的情况说："水泉冷涩弦凝绝，凝绝不通声暂歇。别有幽愁暗恨生，此时无声胜有声。"这就是形容音乐上无言之美的滋味。著名英国诗人济慈（Keats）在《希腊花瓶歌》也说，"听得见的声调固然幽美，听不见的声调尤其幽美"（Heard melodies are sweet：but，those unheard are sweeter），也是说同样道理。大概喜欢音乐的人都尝过此中滋味。

就戏剧说，无言之美更容易看出。许多作品往往在热闹场中动作快到极重要的一点时，忽然万籁俱寂，现出一种沉默神秘的景象。梅特林克（Maeterlinck）的作品就是好例。譬如《青鸟》的布景，择夜阑人静的时候，使重要角色睡得很长久，就是利用无言之美的道理。梅氏并且说："口开则灵魂之门闭，口闭则灵魂之门开。"赞无言之美的话不能比此更透辟了。莎士比亚的名著《哈姆雷特》一剧开幕便描写更夫守夜的状况，德林瓦特（Drinkwater）在其《林肯》中描写林肯在南北战争军事傍午的时候跪着默祷，王尔德（O. Wilde）的《温德梅尔夫人的扇子》里面描写温德梅尔夫人私奔在她的情人寓所等候的状况，都在兴酣局紧，心悬悬渴望结局时，放出沉默神秘的色彩，都足以证明无言之美的。近代又有一种哑剧和静的布景，或只有动作而无言语，或连动作也没有，就将靠无言之美引人入胜了。

雕刻塑像本来是无言的，也可以拿来说明无言之美。所谓无言，不一定指不说话，是注重在含蓄不露。雕刻以静体传神，有些是流露的，有些是含蓄的。这种分别在眼睛上尤其容易看见。中国有一句谚语说，"金刚

簪花仕女图

〔唐〕周昉

辽宁省博物馆

怒目，不如菩萨低眉”，所谓怒目，便是流露；所谓低眉，便是含蓄。凡看低头闭目的神像，所生的印象往往特别深刻。最有趣的就是西洋爱神的雕刻，她们男女都是瞎了眼睛。这固然根据古希腊的神话，然而实在含有美术的道理，因为爱情通常都在眉目间流露，而流露爱情的眉目是最难比拟的。所以索性雕成盲目，可以耐人寻思。当初雕刻家原不必有意为此，但这些也许是人类不用意识而自然碰的巧。

要说明雕刻上流露和含蓄的分别，古希腊著名雕刻《拉奥孔》（Laocoon）是最好的例子。相传拉奥孔犯了大罪，天神用了一种极残酷的刑法来惩罚他，遣了一条恶蛇把他和他的两个儿子在一块绞死了。在这种极刑之下，未死之前当然有一种悲伤惨感目不忍睹的一顷刻，而古希腊雕刻家并不擒住这一顷刻来表现，他只把将达苦痛极点前一顷刻的神情雕刻出来，所以他所表现的悲哀是含蓄不露的。倘若是流露的，一定带了挣扎呼号的样子。这个雕刻，一眼看去，只觉得他们父子三人都有一种难言之恫；仔细看去，便可发现条条筋肉根根毛孔都暗示一种极苦痛的神情。德国莱辛（Lessing）的名著《拉奥孔》就根据这个雕刻，讨论美术上含蓄的道理。

以上是从各种艺术中信手拈来的几个实例。把这些个别的实例归纳在一起，我们可以得一个公例，就是：拿美术来表现思想和情感，与其尽量流露，不如稍有含蓄；与其吐肚子把一切都说出来，不如留一大部分让欣赏者自己去领会。因为在欣赏者的头脑里所生的印象和美感，有含蓄比较尽量流露的还要更加深刻。换句话说，说出来的越少，留着不说的越多，所引起的美感就越大越深越真切。

这个公例不过是许多事实的总结束。现在我们要进一步求出解释这个公例的理由。我们要问何以说得越少，引起的美感反而越深刻？何以无言

拉奥孔与儿子们

公元前20年–160年

梵蒂冈博物馆

之美有如许势力？

想答复这个问题，先要明白美术的使命。人类何以有美术的要求？这个问题本非一言可尽。现在我们姑且说，美术是帮助我们超现实而求安慰于理想境界的。人类的意志可向两方面发展：一是现实界，一是理想界。不过现实界有时受我们的意志支配，有时不受我们的意志支配。譬如我们想造一所房屋，这是一种意志。要达到这个意志，必费许多力气去征服现实，要开荒辟地，要造砖瓦，要架梁柱，要赚钱去请泥水匠。这些事都是人力可以办到的，都是可以用意志支配的。但是现实界凡物皆向地心下坠一条定律，就不可以用意志征服。所以意志在现实界活动，处处遇障碍，处处受限制，不能圆满地达到目的，实际上我们的意志十之八九都要受现实限制，不能自由发展。譬如谁不想有美满的家庭？谁不想住在极乐国？然而在现实界决没有所谓极乐美满的东西存在。因此我们的意志就不能不和现实发生冲突。

一般人遇到意志和现实发生冲突的时候，大半让现实征服了意志，走到悲观烦闷的路上去，以为件件事都不如人意，人生还有什么意味？所以堕落，自杀，逃空门种种的消极的解决法就乘虚而入了，不过这种消极的人生观不是解决意志和现实冲突最好的方法。因为我们人类生来不是懦弱者，而这种消极的人生观甘心让现实把意志征服了，是一种极懦弱的表示。

然则此外还有较好的解决法吗？有的，就是我所谓超现实。我们处世有两种态度，人力所能做到的时候，我们竭力征服现实。人力莫可奈何的时候，我们就要暂时超脱现实，储蓄精力待将来再向他方面征服现实。超脱到哪里去呢？超脱到理想界去。现实界处处有障碍有限制，理想界是天高任鸟飞，极空阔极自由的。现实界不可以造空中楼阁，理想界是可以造空中楼阁的。现实界没有尽美尽善，理想界是有尽美尽善的。

姑取实例来说明。我们走到小城市里去，看见街道窄狭污浊，处处都是阴沟厕所，当然感觉不快，而意志立时就要表示态度。如果意志要征服这种现实哩，我们就要把这种街道房屋一律拆毁，另造宽大的马路和清洁的房屋。但是谈何容易？物质上发生种种障碍，这一层就不一定可以做到。意志在此时如何对付呢？他说：我要超脱现实，去在理想界造成理想的街道房屋来，把它表现在图画上，表现在雕刻上，表现在诗文上。于是结果有所谓美术作品。美术家成了一件作品，自己觉得有创造的大力，当然快乐已极。旁人看见这种作品，觉得它真美丽，于是也愉快起来了，这就是所谓美感。

因此美术家的生活就是超现实的生活，美术作品就是帮助我们超脱现实到理想界去求安慰的。换句话说，我们有美术的要求，就因为现实界待遇我们太刻薄，不肯让我们的意志推行无碍，于是我们的意志就跑到理想界去求慰情的路径。美术作品之所以美，就美在它能够给我们很好的理想境界。所以我们可以说，美术作品的价值高低就看它超现实的程度大小，就看它所创造的理想世界是阔大还是窄狭。

但是美术又不是完全可以和现实界绝缘的。它所用的工具——例如雕刻用的石头，图画用的颜色，诗文用的语言——都是在现实界取来的。它所用的材料——例如人物情状悲欢离合——也是现实界的产物。所以美术可以说是以毒攻毒，利用现实的帮助以超脱现实的苦恼。上面我们说过，美术作品的价值高低要看它超脱现实的程度如何。这句话应稍加改正，我们应该说，美术作品的价值高低，就看它能否借极少量的现实界的帮助，创造极大量的理想世界出来。

在实际上说，美术作品借现实界的帮助愈少，所创造的理想世界也因而愈大。再拿相片和图画来说明。何以相片所引起的美感不如图画呢？因为相片上一形一影，件件都是真实的，而且应有尽有，发泄无遗。我们看相片，种种形影好像钉子把我们的想象力都钉死了。看到相片，好像看到二五，就只能想到一十，不能想到其他数目。换句话说，相片把事物看得忒真，没有给我们以想象余地。所以相片，只能抄写现实界，不能创造理想界。图画就不然。图画家用美术眼光，加一番选择的功夫，在一个完全境遇中选择了一小部事物，把它们又经过一番理想化，然后才表现出来。唯其留着一大部分不表现，欣赏者的想象力才有用武之地。想象作用的结果就是一个理想世界。所以图画所表现的现实世界虽极小而创造的理想世界则极大。孔子谈教育说："举一隅不以三隅反，则不复也。"相片是把四隅通举出来了，不要你劳力去"复"。图画就只举一隅，叫欣赏者加一番想象，然后"以三隅反"。

流行语中有一句说："言有尽而意无穷。"先穷之意达之以有尽之言，所以有许多意，尽在不言中。文学之所以美，不仅在有尽之言，而尤在无穷之意。推广地说，美术作品之所以美，不是只美在已表现的一部分，尤其是美在未表现而含蓄无穷的一大部分，这就是本文所谓无言之美。

因此美术要和自然逼真一个信条应该这样解释：和自然逼真是要窥出自然的精髓所在，而表现出来；不是说要把自然当作一篇印版文字，很机械地抄写下来。

这里有一个问题会发生。假使我们欣赏美术作品，要注重在未表现而含蓄着的一部分，要超"言"而求"言外意"，各个人有各个人的见解，所得的言外意不是难免殊异吗？当然，美术作品之所以美，就美在有弹性，能拉得长，能缩得短。有弹性所以不呆板。同一美术作品，你去玩味有你的趣味，我去玩味有我的趣味。譬如莎氏乐府所以在艺术上占极高位置，就因为各种阶级的人在不同的环境中都欢喜读他。有弹性所以不陈腐。同一美术作品，今天玩味有今天的趣味，明天玩味有明天的趣味。凡是经不得时代淘汰的作品都不是上乘。上乘文学作品，百读都令人不厌的。

就文学说，诗词比散文的弹性大，换句话说，诗词比散文所含的无言之美更丰富。散文是尽量流露的，愈发挥尽致，愈见其妙。诗词是要含蓄暗示，若即若离，才能引人入胜。现在一般研究文学的人都偏重散文——尤其是小说。对于诗词很疏忽。这件事实可以证明一般人文学欣赏力很薄弱。现在如果要提高文学，必先提高文学欣赏力，要提高文学欣赏力，必先在诗词方面特下功夫，把鉴赏无言之美的能力养得很敏捷。因此我很望文学创作者在诗词方面多努力，而学校国文课程中诗歌应该占一个重要的位置。

本文论无言之美，只就美术一方面着眼。其实这个道理在伦理、哲学、教育、宗教及实际生活各方面，都不难发现。老子《道德经》开卷便说："道可道，非常道；名可名，非常名。"这就是说伦理哲学中有无言之美。儒家谈教育，大半主张潜移默化，所以拿时雨春风做比喻。佛教及其他宗教之能深入人心，也是借沉默神秘的势力。幼儿园创造者蒙台梭利利用无言之美的办法尤其有趣。在她的幼儿园里，教师每天趁儿童玩得很热闹的时候，猛然地在粉板上写一个"静"字，或奏一声琴。全体儿童于是都跑到自己的座位去，闭着眼睛蒙着头伏案假睡的姿势，但是他们不可睡着。几分钟后，教师又用很轻微的声音，从颇远的地方呼唤各个儿童的名字。

听见名字的就要立刻醒来。这就是使儿童可以在沉默中领略无言之美。

就实际生活方面说，世间最深切的莫如男女爱情。爱情摆在肚子里面比摆在口头上来得恳切。“齐心同所愿，含意俱未伸”和“更无言语空相觑”，比较“细语温存”、“怜我怜卿”的滋味还要更加甜蜜。英国诗人布莱克（Blake）有一首诗叫做《爱情之秘》（Love's Secret）里面说：

一

切莫告诉你的爱情，
爱情是永远不可以告诉的。
因为她像微风一样，
不做声不做气地吹着。

二

我曾经把我的爱情告诉而又告诉，
我把一切都披肝沥胆地告诉爱人了，
打着寒战，耸头发地告诉，
然而她终于离我去了！

三

她离我去了，
不多时一个过客来了。
不做声不做气地，只微叹一声。
便把她带去了。

这首短诗描写爱情上无言之美的势力，可谓透辟已极了。本来爱情完全是一种心灵的感应，其深刻处是老子所谓不可道不可名的。所以许多诗人以为“爱情”两个字本身就太滥太寻常太乏味，不能拿来写照男女间神圣深挚的情绪。

其实何止爱情？世间有许多奥妙，人心有许多灵悟，都非言语可以传达，一经言语道破，反如甘蔗渣滓，索然无味。这个道理还可以推到宇宙人生诸问题方面去。我们所居的世界是最完美的，就因为它是最不完美的。这话表面看去，不通已极。但是实在含有至理。假如世界是完美的，人类所过的生活——比好一点，是神仙的生活；比坏一点，就是猪的生活——便呆板单调已极，因为倘若件件都尽美尽善了，自然没有希望发生，更没有努力奋斗的必要。人生最可乐的就是活动所生的感觉，就是奋斗成功而得的快慰。世界既完美，我们如何能尝创造成功的快慰？这个世界之所以美满，就在有缺陷，就在有希望的机会，有想象的田地。换句话说，世界有缺陷，可能性（potentiality）才大。这种可能而未能的状况就是无言之美。世间有许多奥妙，要留着不说出；世间有许多理想，也应该留着不实现。因为实现以后，跟着“我知道了！”的快慰便是“原来不过如是！”的失望。

天上的云霞有多么美丽！风涛虫鸟的声息有多么和谐！用颜色来摹绘，用金石丝竹来比拟，任何美术家也是作践天籁，糟蹋自然！无言之美何限？让我这种拙手来写照，已是糟粕枯骸！这种罪过我要完全承认的。倘若有人骂我胡言乱道，我也只好引陶渊明的诗回答他说：“此中有真味，欲辨已忘言！”

1924年仲冬于上虞白马湖

看戏与演戏

我们钟情、痛饮，
在地面来去匆匆，
像一群受惊的羊。

莎士比亚说过，世界只是一个戏台。这话如果不错，人生当然也只是一部戏剧。戏要有人演，也要有人看：没有人演，就没有戏看；没有人看，也就没有人肯演。演戏人在台上走台步，做姿势，拉嗓子，喜笑怒骂，悲欢离合，演得酣畅淋漓，尽态极妍；看戏人在台下呆目瞪视，得意忘形，拍案叫好，两方皆大欢喜，欢喜的是人生煞是热闹，至少是这片刻光阴不曾空过。

世间人有生来是演戏的，也有生来是看戏的。这演与看的分别主要地在如何安顿自我上面见出。演戏要置身局中，时时把“我”抬出来，使我成为推动机器的枢纽，在这世界中产生变化，就在这产生变化上实现自我；看戏要置身局外，时时把“我”搁在旁边，始终维持一个观照者的地位，吸纳这世界中的一切变化，使它们在眼中成为可欣赏的图画，就在这变化图画的欣赏上面实现自我。因为有这个分别，演戏要热要动，看戏要冷要静。打起算盘来，双方各有盈亏：演戏人为着饱尝生命的跳动而失去流连玩味，看戏人为着玩味生命的形象而失去“身历其境”的热闹。能入与能出，“得其圜中”与“超以象外”，是势难兼顾的。

这分别像是极平凡而琐屑，其实却含着人生理想这个大问题的大道理在里面。古今中外许多大哲学家、大宗教家和大艺术家对于人生理想费过许多摸索、许多争辩，他们所得到的不过是三个不同的简单的结论：一个是人生理想在看戏，一个是它在演戏，一个是它同时在看戏和演戏。

先从哲学说起。中国主要的固有的哲学思潮是儒道两家。就大体说，儒家能看戏而却偏重演戏，道家根本藐视演戏，会看戏而却也不明白地把看戏当做人生理想。看戏与演戏的分别就是《中庸》一再提起的知与行的分别。知是道问学，是格物穷理，是注视事物变化的真相；行是尊德行，是修身齐家治国平天下，是在事物中起变化而改善人生。前者是看，后者是演。儒家在表面上同时讲究这两套功夫，他们的祖师孔子是一个实行家，也是一个艺术家。放下他着重礼乐诗的艺术教育不说，就只看下面几段话:

子在川上曰，逝者如斯夫，不舍昼夜！

鸢飞戾天，鱼跃于渊，言其上下察也。

天何言哉，天何言哉！四时行焉，百物生焉！

今夫天，斯昭昭之多，及其无穷也，日月星辰系焉，万物覆焉；今夫地，一撮土之多，及其广厚，载华岳而不重，振河海而不泄，万物载焉。

对于自然奥妙的赞叹，我们就可以看出儒家很能做阿波罗式的观照，不过儒家究竟不以此为人生的最终目的，人生的最终目的在行，只不过是

芭蕾排演

埃德加·德加
1874
法国巴黎奥塞美术馆

行的准备。他们说得很明白，“物格而后知至，知至而后意诚，意诚而后心正，心正而后身修”，以至于家齐国治天下平。“自明诚，谓之教”，由知而行，就是儒家所着重的“教”。孔子终身周游奔走，“三月无君，则皇皇如也”，我们可以想见他急于要扮演一个角色。

道家老庄并称。老子抱朴守一，法自然，尚无为，持清虚寂寞，观“众妙之门”，玩“无物之象”，五千言大半是一个老于世故者静观人生物理所得到的直觉妙谛。他对于宇宙始终持着一个看戏人的态度。庄子尤其是如此。他齐是非。一生死，逍遥于万物之表，大鹏与淹鱼，姑射仙人与庖丁，物无大小，都触目成像，触心成理，他自己却“凄然似秋，暖然似春”，哀乐毫无动于衷。他得力于他所说的“心齐”。“心齐”的方法是“若一志，无听之以耳，而听之以心”，它的效验是“虚室生白，吉祥止止”。他在别处用了一个极好的譬喻说：“至人之用心若镜，不将不逆，应而不藏。”从这些话看，我们可以看出老子所谓“抱朴守一”，庄子所谓“心齐”，都恰是西方哲学家与宗教家所谓“观照”（contemplation）与佛家所谓“定”或“止观”。不过老庄自己虽在这上面做功夫，却并不像以此立教，或是因为立教仍是有为，或是因为深奥的道理可亲证而不可言传。

在西方，古代及中世纪的哲学家大半以为人生最高目的在观照，就是我们所说的以看戏人的态度体验事物的真相与真理。头一个人明白地做这个主张的是柏拉图。在《会饮》那篇熔哲学与艺术于一炉的对话里，他假托一位女哲人传心灵修养递进的秘诀。那全是一种分期历程的审美教育，一种知解上的冒险长征。心灵开始玩索一朵花，一个美人，一种美德，一门学问，一种社会文物制度的殊相的美。逐渐发现万事万物的共相的美。到了最后阶段，“表里精粗无不到”，就“一旦豁然贯通”，长征者以一霎时的直觉突然看到普涵普盖，无始无终的绝对美——如佛家所谓“真如”或“一真法界”——他就安息在这绝对美的观照里，就没有入这绝对美里而与它合德同流，就借分享它的永恒的生命而达到不朽。这样，心灵就算达到它的长征的归宿，一滴水归原到大海，一个灵魂归原到上帝，柏拉图的这个思想支配了古代哲学，也支配了中世纪耶稣教的神学。

柏拉图的高足弟子亚里士多德在《伦理学》里想矫正师说，却终于达到同样的结论。人生的最高目的是至善，而至善就是幸福。幸福是“生活得好，做得好”。它不只是一种道德的状态，而是一种活动；如果只是一种状态，它可以不产生什么好结果，比如说一个人在睡眠中；唯其是活动，所以它必见于行为。“犹如在奥林匹克运动会中，夺锦标的不是最美最强悍的人，而是实在参加竞争的选手。”从这番话看，亚里士多德似主张人生目的在实际行动。但是在绕了一个大弯子以后，到最后终于说，幸福是“理解的活动”，就是“取观照的形式的那种活动”，因为人之所以为人在他的理解方面，理解是人类最高的活动，也是最持久、最愉快、最无待外求的活动。上帝在假设上是最幸福的，上帝的幸福只能表现于知解，不能表现于行动。所以在观照的幸福中，人类几与神明比肩。说来说去，亚里士多德仍然回到柏拉图的看法：人生的最高目的在看而不在演。

在近代德国哲学中，这看与演的两种人生观也占了很显著的地位。整个的宇宙，自大地山河以至于草木鸟兽，在唯心派哲学家看，只是吾人知识的创造品。知识了解了一切，同时就已创造了一切，人的行动当然也包

彩排

埃德加·德加

1873–1878

美国哈佛大学福格美术馆

含在内。这就无异于说，世间一切演出的戏都是在看戏人的一看之中成就的，看的重要可不言而喻。叔本华在这一“看”之中找到悲惨人生的解脱。据他说，人生一切苦恼的源泉就在意志，行动的原动力。意志起于需要或缺乏，一个缺乏填起来了，另一个缺乏就又随之而来，所以意志永无餍足的时候。欲望的满足只“像是扔给乞丐的赈济，让他今天赖以过活，使他的苦可以延长到明天”。这意志虽是苦因，却与生俱来，不易消除，唯一的解脱在把它放射为意象，化成看的对象。意志既化成意象，人就可以由受苦的地位移到艺术观照的地位，于是罪孽苦恼变成庄严幽美。“生命和它的形象于是成为飘忽的幻象掠过他的眼前，犹如轻梦掠过朝睡中半醒的眼，真实世界已由它里面照耀出来，它就不再能蒙昧他。”换句话说，人生苦恼起于演，人生解脱在看。尼采把叔本华的这个意思发挥成一个更较具体的形式。他认为人类生来有两种不同的精神，一是日神阿波罗的，一是酒神狄俄倪索斯的。日神高踞奥林波斯峰顶，一切事物借他的光辉而得形象，他凭高静观，世界投影于他的眼帘如同投影于一面镜，他如实吸纳，却恬然不起忧喜。酒神则趁生命最繁盛的时节，酣饮高歌狂舞，在不断的生命跳动中忘去生命的本来注定的苦恼。从此可知日神是观照的象征，酒神是行动的象征。依尼采看，希腊人的最大成就在悲剧，而悲剧就是使酒神的苦痛挣扎投影于日神的慧眼，使灾祸罪孽成为惊心动魄的图画。从希腊悲剧，尼采悟出“从形象得解脱”（redemption through appearance）的道理。世界如果当做行动的场合，就全是罪孽苦恼；如果当做观照的对象，就成为一件庄严的艺术品。

如果我们比较叔本华、尼采的看法和柏拉图、亚里士多德的看法，就可看出古希腊人与近代德国人的结论相同，就是人生最高目的在观照；不过着重点微有移动，希腊人的是哲学家的观照，而近代德国人的是艺术家的观照。哲学家的观照以真为对象，艺术家的观照以美为对象。不过这也是粗略的区分。观照到了极境，真也就是美，美也就是真，如诗人济慈所说的，所以柏拉图的心灵精进在最后阶段所见到的“绝对美”就是他所谓“理式”（idea）或真实界（reality）。

宗教本重修行，理应把人生究竟摆在演而不摆在看，但是事实上世界几个大宗教没有一个不把观照看成修行的不二法门。最显著的当然是佛教。在佛教看，人生根本孽是贪、嗔、痴。痴又叫做“无明”。这“三孽”之中，无明是最根本的，因为无明，才执着法与我，把幻象看成真实，把根尘当做我有，于是有贪有嗔，陷于生死永劫。所以人生究竟解脱在破除无明以及它连带的法我执。破除无明的方法是六波罗蜜（意谓“度”、“到彼岸”，就是“度到涅槃的岸”），其中初四——布施、持戒、忍辱、精进——在表面上似侧重行，其实不过是最后两个阶段——禅定、智慧——的预备，到了禅定的境界，“止观双运”，于是就起智慧，看清万事万物的真相，断除一切孽障执着，到涅槃（圆寂），证真如，功德就圆满了。佛家把这种智慧叫做“大圆镜智”，《佛地经论》做这样解释：

如圆镜极善摩莹，鉴净无垢，光明遍照；如是如来大圆镜智于佛智上一切烦恼所知障垢永出离故，极善摩莹；为依止定所摄持故，鉴净无垢；作诸众生利乐事故，光明遍照。

如圆镜上非一众多诸影像起，而圆镜上无诸影像，而此圆镜无动无作；如是如来圆镜智上非一众多诸智影起，圆镜智上无诸智影，而此智镜无动无作。

这譬喻很可以和尼采所说的阿波罗精神对照，也很可以见出大乘佛家的人生理想与柏拉图的学说不谋而合。人要把心磨成一片大圆镜，光明普照，而自身却无动无作。

佛教在中国，成就最大的一宗是天台，最流行的一宗是净土。天台宗的要义在止观，净土宗的要义在念佛往生，都是在观照上做修持的功夫。所谓“止观”就是静坐摄心入定，默观佛法与佛相，净土则偏重念佛名，观佛相，以为如此即可往生西方极乐世界（所谓“净土”）。依《文殊般若经》说：

若善男子善女子，应在空间处，舍诸乱意，随佛方所，端身正向，不取相貌，系心一佛，专称名字，念无休息，即是念中，能见过现未来三世诸佛。

这种凝神观照往往产生中世纪耶教徒所谓“灵见”（visions），对象或为佛相，或为庄严宝塔，或为极乐世界。佛家往往用文字把他们的“灵见”表现成想象丰富的艺术作品，像《无量寿经》、《阿弥陀经》之类作品大抵都是这样产生出来的。往生净土是他们的最后目的，其实这净土仍是心中幻影，所谓往生仍是在观照中成就，不一定在地理上有一种搬迁。

这一切在耶稣教中都可以找到它的类似。耶稣自己，像释迦一样，是经过一个长期静坐默想而后证道的。“天国就在你自己心里”，这句话也有唤醒人返求诸心的倾向。不过早期的神父要和极艰窘的环境奋斗，精力大半耗于奔走布道和避免残杀。到了3世纪后，耶稣教的神学逐渐与希腊哲学合流，形成所谓“新柏拉图派”的神秘主义，于是观照成为修行的要诀。依这派的学说，人的灵魂原与上帝一体，没有肉体感官的障碍，所以能观照永恒真理。投生以后，它就依附了肉体，就有欲也就有障。人在灵方面仍近于神，在肉方面则近于兽，肉是一切罪孽的根源，灵才是人的真性。所以修行在以灵制欲，在离开感官的生活而凝神于思想与观照，由是脱尽尘障，在一种极乐的魂游（ecstasy）中回到上帝的怀里，重新和他成为一体。中世纪神学家把"知"看成心灵的特殊功能，唯一的人神沟通的桥梁。"知"有三个等级：感觉（cognition）、思考（meditation）和观照（contemplation）。观照是最高的阶段，它不但不要假道于感觉，也无需用概念的思考，它是感觉和思考所不能跻攀的知的胜境，一种直觉，一种神佑的大彻大悟。只有借这观照，人才能得到所谓"神福的灵见"（beatific vision），见到上帝，回到上帝，永远安息在上帝里面。达到这种"神福的灵见"，一个耶稣徒就算达到人生的最高理想。

这种哲学或神学的基础，加上中世纪的社会扰乱，酿成寺院的虔修制度。现世既然恶浊，要避免它的熏染，僧侣于是隐到与人世隔绝的寺院里，苦行持戒，默想现世的罪孽，来世的希望和上帝的博大仁慈。他们的经验恰和佛教徒的一样，由于高度的自催眠作用，默想果然产生了许多"灵见"；地狱的厉鬼、净界的烈焰、天堂的神仙的福境，都活灵活现地现在他们的凝神默索的眼前。这些"灵见"写成书，绘成画，刻成雕像，就成中世纪的灿烂辉煌的文学与艺术。在意大利，成就尤其煊赫。但丁的《神曲》就是无数"灵见"之一，它可以看成耶稣教的《阿弥陀经》。

我们只举佛耶两教做代表就够了。道教本着长生久视的主旨，后来又沿袭了许多佛教的虔修秘诀；回教本由耶教演变成的，特别流连于极乐世界的感官的享乐。总之，在较显著的宗教中，或是因为特重心灵的知的活动，或是寄希望于比现世远较完美的另一世界，人生的最高理想都不摆在现世的行动而摆在另一世界的观照。宗教的基本精神在看而不在演。

最后，谈到文艺，它是人生世相的返照，离开观照，就不能有它的生存。文艺说来很简单，它是情趣与意象的融会，作者寓情于景，读者因景生情。比如说，“昔我往矣，杨柳依依，今我来思，雨雪霏霏”一章诗写出一串意象、一幅景致、一幕戏剧动态。有形可见者只此，但是作者本心要说的却不止此，他主要是要表现一种时序变迁的感慨。这感慨在这章诗里虽未明白说出而却胜于明白说出；它没有现身而却无可否认地是在那里。这事细想起来，真是一个奇迹。情感是内在的、属我的、主观的、热烈的，变动不居，可体验而不可直接描绘的；意象是外在的、属物的、客观的、冷静的，成形即常住，可直接描绘而却不必使任何人都可借以有所体验的。如果借用尼采的譬喻来说，情感是狄俄倪索斯的活动，意象是阿波罗的观照；所以不仅在悲剧里（如尼采所说的），在一切文艺作品里，我们都可以见出达奥尼苏斯的活动投影于阿波罗的观照，见出两极端冲突的调和，相反者的同一。但是在这种调和与同一中，占有优势与决定性的倒不是狄俄倪索斯而是阿波罗，是狄俄倪索斯沉没到阿波罗里面，而不是阿波罗沉没到狄俄倪索斯里面。所以我们尽管有丰富的人生经验，有深刻的情感，若是止于此，我们还是站在艺术的门外，要升堂入室，这些经验与情感必须经过阿波罗的光辉照耀，必须成为观照的对象。由于这个道理，观照（这其实就是想象，也就是直觉）是文艺的灵魂；也由于这个道理，诗人和艺术家们也往往以观照为人生的归宿。我们试想一想：

目送飞鸿，手挥五弦，
俯仰自得，游心太玄。

——嵇康

仰视碧天际，俯瞰渌水滨，
寥閬无涯观，寓目理自陈。
大矣造化工，万殊莫不均。
群籁虽参差，适我无非新。

——王羲之

采菊东篱下，悠然见南山，
山气日夕佳，飞鸟相与还。
此中有真意，欲辨已忘言。

——陶潜

侧身天地长怀古，独立苍茫自咏诗。

——杜甫

从诸诗所表现的胸襟气度与理想，就可以明白诗人与艺术家如何在静观默玩中得到人生的最高乐趣。

就西方文艺来说，有三部名著可以代表西方人生观的演变：在古代是柏拉图的《会饮》，在中世纪是但丁的《神曲》，在近代是歌德的《浮士德》。《会饮》如上文已经说过的，是心灵的审美教育方案。这教育的历程是由感觉经理智到慧解，由殊相到共相，由现象到本体，由时空限制到超时空限制；它的终结是在沉静的观照中得到豁然大悟，以及个体心灵与弥漫宇宙的整一的纯粹的大心灵合德同流。由古希腊到中世纪，这个人生理想没有经过重大的变迁，只是加上耶教神学的渲染。《神曲》在表面上只是一部游记，但丁叙述自己游历地狱、净界与天堂的所见所闻；但是骨子里它是一部寓言，叙述心灵由罪孽经忏悔到解脱的经过，但丁自己就象征心灵，“三界”只是心灵的三种状态，地狱是罪孽状态，净界是忏悔洗刷状态，天堂是得解脱蒙神福状态。心灵逐步前进，就是逐步超升，到了最高天，它看见玫瑰宝座中坐的诸圣诸仙，看见圣母，最后看见了上帝自己。在这“神福的灵见”里，但丁（或者说心灵）得到最后的归宿，他“超脱”了，归到上帝怀里了，《神曲》于是终止。这种理想大体上仍是柏拉图的，所不同者柏拉图的上帝是“理式”，绝对真实界本体，无形无体的超时超空的普运周流的大灵魂；而但丁则与中世纪神学家们一样，多少把上帝当做一个人去想：他糅合神性与人性于一体，有如耶稣。

从但丁糅合柏拉图哲学与耶教神学，把人生的归宿定为“神福的灵见”以后，过了五百年到近代，人生究竟问题又成为思辨的中心，而大诗人歌德代表近代人给了一个彻底不同的答案。就人生理想来说，《浮士德》代表西方思潮的一个极大的转变。但丁所要解脱的是象征情欲的三猛兽和象征愚昧的黑树林。到浮士德，情境就变了，他所要解脱的不是愚昧而是使他觉得腻味的丰富的知识。理智的观照引起他的心灵的烦躁不安。“物极思返”，浮士德于是由一位闭户埋头的书生变成一位与厉鬼定卖魂约的冒险者，由沉静的观照跳到热烈而近于荒唐的行动。在《神曲》里，象征信仰与天恩的贝雅特里齐，在《浮士德》里于是变成天真而却蒙昧无知的玛嘉丽特。在《神曲》里是“神福的灵见”，在《浮士德》里于是变成“狂飙突进”。阿波罗退隐了，狄俄倪索斯于是横行无忌。经过许多放纵不羁的冒险行动以后，浮士德的顽强的意志也终于得到净化，而净化的原动力却不是观照而是一种有道德意义的行动。他的最后的成就也就是他的最高

乐团

埃德加·德加

1872

德国法兰克福市立美术馆

的理想的实现，从大海争来一片陆地，把它垦成沃壤，使它效用于人类社会。这理想可以叫做“自然的征服”。

这浮士德的精神真正是近代的精神，它表现于一些睥睨一世的雄才怪杰，表现于一些掀天动地的历史事变。各时代都有它的哲学辩护它的活动，在近代，尼采的超人主义唤起许多癫狂者的野心，扬谛理（Gentile）的“为行动而行动”的哲学替法西斯的横行奠定了理论的基础。

这真是一个大旋转。从前人恭维一个人，说“他是一个肯用心的人”（a thoughtful man），现在却说“他是一个活动分子”（an active man）。这旋转是向好还是向坏呢？爱下道德判断的人们不免起这个疑问。答案似难一致。自幸生在这个大时代的“活动分子”会赞叹现代生命力的旺盛，而“肯用心的人”或不免忧虑信任盲目冲动的危险。这种见解的分歧在骨子里与文艺方面古典与浪漫的争执是一致的。古典派要求意象的完美，浪漫派要求情感的丰富，还是冷静与热烈动荡的分别。文艺批评家们说，这分别是粗浅而村俗的，第一流文艺作品必定同时是古典的与浪漫的，必定是丰富的情感表现于完美的意象。把这见解应用到人生方面，显然的结论是：理想的人生是由知而行，由看而演，由观照而行动。这其实是一个老结论。苏格拉底的“知识即德行”，孔子的“自明诚”，王阳明的“知行合一”，意义原来都是如此。但是这还是侧重行动的看法。止于知犹未足，要本所知去行，才算功德圆满。这正犹如尼采在表面上说明了日神与酒神两种精神的融合，实际上仍是以酒神精神沉没于日神精神，以行动投影于观照。所以说来说去，人生理想还只有两个，不是看，就是演；知行合一说仍以演为归宿，日神酒神融合说仍以看为归宿。

近代意大利哲学家克罗齐另有一个看法，他把人类心灵活动分为知解（艺术的直觉与科学的思考）与实行（经济的活动与道德的活动）两大阶段，以为实行必据知解，而知解却可独立自足。一个人可以终止于艺术家，实现美的价值；可以终止于思想家，实现真的价值；可以终止于经济政治家，实现用的价值；也可以终止于道德家，实现善的价值。这四种人的活动在心灵进展次第上虽是一层高似一层，却各有千秋，各能实现人生价值的某一面。这就是说，看与演都可以成为人生的归宿。

这看法容许各人依自己的性之所近而抉择自己的人生理想，我以为是一个极合理的看法。人生理想往往决定于各个人的性格。最聪明的办法是让生来善看戏的人们去看戏，生来善演戏的人们来演戏。上帝造人，原来就不只是用一个模型。近代心理学家对于人类原型的分别已经得到许多有意义的发现，可以做解决本问题的参考。最显著的是荣格（Jung）的“内倾”与“外倾”的分别。内倾者（introvert）倾心力向内，重视自我的价值，好孤寂，喜默想，无意在外物界发动变化；外倾者（extrovert）倾心力向外，重视外界事物的价值，好社交，喜活动，常要在外物界起变化而无暇反观默省。简括地说，内倾者生来爱看戏，外倾者生来爱演戏。

人生来既有这种类型的分别，人生理想既大半受性格决定，生来爱看戏的以看为人生归宿，生来爱演戏的以演为人生归宿，就是理所当然的事了。双方各有乐趣，各是人生的实现，我们各不妨阿其所好，正不必强分高下，或是勉强一切人都走一条路。人性不只是一样，理想不只是一个，才见得这世界的恢宏和人生的丰富。犬儒派哲学家第欧根尼（Diogenes）静坐在一个木桶里默想，勋名盖世的亚力山大帝慕名去访他，他在桶里坐着不动。客人介绍自己说："我是亚力山大帝。"他回答说："我是犬儒第欧根尼。"客人问："我有什么可以帮你的忙吗？"他回答："只请你站开些，不要挡着太阳光。"这样就匆匆了结一个有名的会晤。亚历山大大帝觉得这犬儒甚可羡慕，向人说过一句心里话："如果我不是亚历山大，我很愿做第欧根尼。"无如他是亚历山大，这是一件前生注定丝毫不能改动的事，他不能做第欧根尼。这是他的悲剧，也是一切人所同有的悲剧。但是这亚历山大究竟是一个了不起的人物，是亚历山大而能见到做第欧根尼的好处。比起他来，第欧根尼要低一层。"不要挡着太阳光！"那句话含着几多自满与骄傲，也含着几多偏见与狭量啊！

要较量看戏与演戏的长短，我们如果专请教于书本，就很难得公平。我们要记得：柏拉图、庄子、释迦、耶稣、但丁……这一长串人都是看戏人，所以留下一些话来都是袒护看戏的人生观。此外还有更多的人，像秦始皇、大流士、亚历山大、忽必烈、拿破仑……以及无数开山凿河、垦地航海的无名英雄毕生都在忙演戏，他们的人生哲学表现在他们的生活中，所以不曾留下话来辩护演戏的人生观。他们是忠实于自己的性格，如果留下话来，他们也就势必变成看戏人了。据说罗兰夫人上了断头台，才想望有一支笔可以写出她的临终的感想。我们固然希望能读到这位女革命家的自供，可是其实这是多余的。整部历史，这一部轰轰烈烈的戏，不就是演戏人们的最雄辩的供状吗？

英国散文家斯蒂文森（R. L. Stevenson）在一篇叫做《步行》的小品文里有一段话说得很美，可惜我的译笔不能传出那话的风味，它的大意是：

我们这样匆匆忙忙地做事，写东西，挣财产，想在永恒时间的嘲笑的静默中有一刹那使我们的声音让人可以听见，我们竟忘掉一件大事，在这件大事之中这些事只是细目，那就是生活。我们钟情、痛饮，在地面来去匆匆，像一群受惊的羊。可是你得问问你自己：在一切完了之后，你原来如果坐在家里炉旁快快活活地想着，是否比较更好些。静坐着默想——记起女子们的面孔而不起欲念，想到人们的丰功伟业，快意而不羡慕，对一切事物和一切地方有同情的了解，而却安心留在你所在的地方和身份——这不是同时懂得智慧和德行，不是和幸福住在一起吗？说到究竟，能拿出会游行来开心的并不是那些扛旗子游行的人们，而是那些坐在房子里眺望的人们。

这也是一番袒护看戏的话。我们很能了解斯蒂文森的聪明的打算，而且心悦诚服地随他站在一条线上——我们这批袖手旁观的人们。但是我们看了那出会游行而开心之后，也要深心感激那些扛旗子的人们。假如他们也都坐在房子里眺望，世间还有什么戏可看呢？并且，他们不也在开心么？你难道能否认？

文学的趣味

玩索的作品愈多，种类愈复杂，风格愈分歧，
你的比较资料愈丰富，透视愈正确，
你的鉴别力也就愈可靠。

文学作品在艺术价值上有高低的分别，鉴别出这高低而特有所好，特有所恶，这就是普通所谓趣味。辨别一种作品的趣味就是评判，玩索一种作品的趣味就是欣赏，把自己在人生自然或艺术中所领略得的趣味表现出来就是创造。趣味对于文学的重要于此可知。文学的修养可以说就是趣味的修养。趣味是一个比喻，由口舌感觉引申出来的。它是一件极寻常的事，却也是一件极难的事。虽说“天下之口有同嗜”，而实际上“人莫不饮食也，鲜能知味”。它的难处在没有固定的客观的标准，而同时又不能完全凭主观的抉择。说完全没有客观的标准吧，文章的美丑犹如食品的甜酸，究竟容许公是公非的存在；说完全可以凭客观的标准吧，一般人对于文艺作品的欣赏有许多个别的差异，正如有人嗜甜，有人嗜辣。在文学方面下过一番功夫的人都明白文学上趣味的分别是极微妙的，差之毫厘往往谬以千里。极深厚的修养常在毫厘之差上见出，极艰苦的磨炼也常是在毫厘之差上做功夫。

举一两个实例来说。南唐中主的《浣溪沙》是许多读者所熟读的：

菡萏香销翠叶残，西风愁起绿波间。还与韶光共憔悴，不堪看。

细雨梦回鸡塞远，小楼吹彻玉笙寒。多少泪珠何限恨，倚阑干。

冯正中、王荆公诸人都极赏“细雨梦回”二句，王静安在《人间词话》里却说：“菡萏香销二句大有众芳芜秽美人迟暮之感，乃古今独赏其细雨梦回二句，故知解人正不易得。”《人间词话》又提到秦少游的《踏莎行》，这首词最后两句是“郴江幸自绕郴山，为谁流下潇湘去”，最为苏东坡所叹赏；王静安也不以为然：“少游词境最为凄婉，至‘可堪孤馆闭春寒，杜鹃声里斜阳暮’，则变而为凄厉矣。东坡赏其后二语，犹为皮相。”

这种优秀的评判正足见趣味的高低。我们玩味文学作品时，随时要评判优劣，表示好恶，就随时要显趣味的高低。冯正中、王荆公、苏东坡诸人对于文学不能说算不得“解人”，他们所指出的好句也确实是好，可是细玩王静安所指出的另外几句，他们的见解确不无可议之处，至少是“郴江绕郴山”二句实在不如“孤馆闭春寒”二句。几句中间的差别微妙到不易分辨的程度，所以容易被人忽略过去。可是它所关却极深广，赏识“郴江绕郴山”的是一种胸襟，赏识“孤馆闭春寒”的另是一种胸襟；同时，在这一两首词中所用的鉴别的眼光可以应用来鉴别一切文艺作品，显出同样的抉择，同样的好恶，所以对于一章一句的欣赏大可见出一个人的一般文学趣味。好比善饮酒者有敏感鉴别一杯酒，就有敏感鉴别一切的酒。趣味其实就是这样的敏感。离开这一点敏感，文艺就无由欣赏，好丑妍媸就变成平等无别。

扑蝶图

〔清〕费以耕

浙江省博物馆

不仅欣赏，在创作方面我们也需要纯正的趣味。每个作者必须是自己的严正的批评者，他在命意布局遣词造句上都须辨析锱铢，审慎抉择，不肯有一丝一毫含糊敷衍。他的风格就是他的人格，而造成他的特殊风格的就是他的特殊趣味。一个作家的趣味在他的修改锻炼的功夫上最容易见出。西方名家的稿本多存在博物馆，其中修改的痕迹最足发人深省。中国名家修改的痕迹多随稿本淹没，但在笔记杂著中也偶可见一斑。姑举一例。黄山谷的《冲雪宿新寨》一首七律的五六两句原为“俗学近知回首晚，病身全觉折腰难”。这两句本甚好，所以王荆公在都中听到，就击节赞叹，说“黄某非风尘俗吏”。但是黄山谷自己仍不满意，最后改为“小吏有时须束带，故人颇问不休官”。这两句仍是用陶渊明见督邮的典故，却比原文来得委婉有含蓄。弃彼取此，亦全凭趣味。如果在趣味上不深究，黄山谷既写成原来两句，就大可苟且偷安。

以上谈欣赏和创作，摘句说明，只是为其轻而易举，其实一切文艺上的好恶都可作如是观。你可以特别爱好某一家，某一体，某一时代，某一派别，把其余都看成左道狐禅。文艺的好恶往往和道德上的好恶同样地强烈深固，一个人可以在趣味异同上区别敌友，党其所同，伐其所异。文学史上许多派别，许多笔墨官司，都是这样起来的。

在这里我们会起疑问：文艺有好坏，爱憎起于好坏，好的就应得一致爱好，坏的就应得一致憎恶，何以文艺的趣味有那么大的分歧呢？你拥护六朝，他崇拜唐宋；你赞赏苏辛，他推尊温李，纷纭扰攘，莫衷一是。作品的优越不尽可为凭，莎士比亚、布莱克、华兹华斯一般开风气的诗人在当时都不很为人重视。读者的深厚造诣也不尽可为凭，托尔斯泰攻击莎士比亚和歌德，约翰逊看不起弥尔顿，法朗士讥诮荷马和维吉尔。这种趣味的分歧是极有趣的事实。粗略地分析，造成这事实的有下列几个因素：

第一是资禀性情。文艺趣味的偏向在大体上先天已被决定。最显著的是民族根性。拉丁民族最喜欢明晰，条顿民族最喜欢力量，希伯来民族最喜欢严肃，他们所产生的文艺就各具一种风格，恰好表现他们的国民性。就个人论，据近代心理学的研究，许多类型的差异都可以影响文艺的趣味。比如在想象方面，“造型类”人物要求一切像图画那样一目了然，“涣散类”人物喜欢一切像音乐那样迷离隐约；在性情方面，“硬心类”人物偏袒阳刚，“软心类”人物特好阴柔；在天然倾向方面，“外倾”者喜欢戏剧式的动作，“内倾”者喜欢独语体诗式的默想。这只是就几个荦荦大端来说，每个人在资禀性情方面还有他的特殊个性，这和他的文艺的趣味也密切相关。

其次是身世经历。《世说新语》中谢安有一次问子弟：“《毛诗》何句最佳？”谢玄回答：“昔我往矣，杨柳依依；今我来思，雨雪霏霏。”谢安表示异议，说：“订谟定命，远猷辰告，句有雅人深致。”这两人的趣味不同，却恰合两人不同的身份。谢安自己是当朝一品，所以特别能欣赏那形容老成谋国的两句；谢玄是翩翩佳公子，所以那流连风景、感物兴怀的句子很合他的口味。本来文学欣赏，贵能设身处地去体会。如果作品所写的与自己所经历的相近，我们自然更容易了解，更容易起同情。杜工部的诗在这抗战期中读起来，特别亲切有味，也就是这个道理。

第三是传统习尚。法国学者泰纳著《英国文学史》，指出“民族”、“时代”、“周围”为文学的三大决定因素，文艺的趣味也可以说大半受这三种势力形成。各民族、各时代都有它的传统，每个人的“周围”（法文 milieu 略似英文 circle，意谓“圈子”，即常接近的人物，比如说，属于一个派别就是站在那个圈子里）都有它的习尚。在西方，古典派与浪漫派、理想派与写实派；在中国，六朝文与唐宋古文，选体诗、唐诗和宋诗，五代词、北宋词和南宋词，桐城派古文和阳湖派古文，彼此中间都树有很森严的壁垒。投身到某一派旗帜之下的人，就觉得只有那一派是正统，阿其所好，以至目空其余一切。我个人与文艺界朋友的接触，深深地感觉到传统习尚所产生的一些不愉快的经验。我对新文学属望很殷，费尽千言万语也不能说服国学耆宿们，让他们相信新文学也自有一番道理。我也很爱读旧诗文，向新文学作家称道旧诗文的好处，也被他们嗤为顽腐。此外新旧文学家中又各派别之下有派别，京派海派，左派右派，彼此相持不下。我冷眼看得很清楚，每派人都站在一个“圈子”里，那圈子就是他们的“天下”。

一个人在创作和欣赏时所表现的趣味，大半由上述三个因素决定。资禀性情、身世经历和传统习尚，都是很自然地套在一个人身上的，轻易不能摆脱，而且它们的影响有好有坏，也不必完全摆脱。我们应该做的功夫是根据固有的资禀性情而加以磨砺陶冶，扩充身世经历而加以细心地体验，接收多方的传统习尚而求截长取短，融会贯通。这三层功夫就是普通所谓学问修养。纯恃天赋的趣味不足为凭，纯恃环境影响造成的趣味也不足为凭，纯正的可凭的趣味必定是学问修养的结果。

孔子有言“知之者不如好之者，好之者不如乐之者”，仿佛以为知、好、乐是三层事，一层深一层；其实在文艺方面，第一难关是知，能知就能好，能好就能乐。知、好、乐三种心理活动融为一体，就是欣赏，而欣赏所凭的就是趣味。许多人在文艺趣味上有欠缺，大半由于在知上有欠缺。

有些人根本不知，当然不会盛感到趣味，看到任何好的作品都如蠢牛听琴，不起作用。这是精神上的残废。犯这种毛病的人失去大部分生命的意味。

有些人知得不正确，于是趣味低劣，缺乏鉴别力，只以需要刺激或麻醉，取恶劣作品疗饥过瘾，以为这就是欣赏文学。这是精神上的中毒，可以使整个的精神受腐化。

有些人知得不周全，趣味就难免窄狭，像上文所说的，被囿于某一派别的传统习尚，不能自拔。这是精神上的短视，“坐井观天，诬天藐小”。

要诊治这三种流行的毛病，唯一的方剂是扩大眼界，加深知解。一切价值都由比较得来，生长存平原，你说一个小山坡最高，你可以受原谅，但你是错误的。“登东山而小鲁，登泰山而小天下”，那“天下”也只是孔子所能见到的天下。要把山估计得准确，你必须把世界名山都游历过、测量过。研究文学也是如此，你玩索的作品愈多，种类愈复杂，风格愈分歧，你的比较资料愈丰富，透视愈正确，你的鉴别力（这就是趣味）也就愈可靠。

人类心理都有几分惰性，常以先入为主，想获得一种新趣味，往往须战胜一种很顽强的抵抗力。许多旧文学家不能欣赏新文学作品，就因为这个道理。就我个人的经验来说，起初习文言文，后来改习语体文，颇费过一番冲突与挣扎。在才置信语体文时，对文言文颇有些反感，后来多经摸索，觉得文言文仍有它的不可磨灭的价值。专就学文言文说，我起初学桐城派古文，跟着古文家们骂六朝文的绮靡，后来稍致力于六朝人的著作，才觉得六朝文也有为唐宋文所不可及处。在诗方面我从唐诗入手，觉宋诗索然无味，后来读宋人作品较多，才发现宋诗也特有一种风味。我学外国文学的经验也大致相同，往往从笃嗜甲派不了解乙派，到了解乙派而对甲派重新估定价值。我因而想到培养文学趣味好比开疆辟土，须逐渐把本来非我所有的征服为我所有。英国诗人华兹华斯说道：“一个诗人不仅要创造作品，还要创造能欣赏那种作品的趣味。”我想不仅作者如此，读者也须时常创造他的趣味。生生不息的趣味才是活的趣味，像死水一般静止的趣味必定陈腐。活的趣味时时刻刻在发现新境界，死的趣味老是囿在一个窄狭的圈子里。这道理可以适用于个人的文学修养，也可以适用于全民族的文学演进史。

刚性美与柔性美

骏马秋风冀北，
杏花春雨江南。

自然界事事物物都是理式的象征，都是共相的殊相，像柏拉图所比拟的，都是背后堤上的行人射在面前墙壁上的幻影。科学家、哲学家和美术家都想揭开自然之秘，在殊相中见出共相。但是他们的出发点不同、目的不同，因而在同一殊相中所见得的共相也不一致。

比如走进一个园子里，你抬头看见一只老鹰坐在苍劲的古松上向你瞪着雄赳赳的眼，回头又看见池边旖旎的柳枝上有一只娇滴滴的黄莺在那儿临风弄舌，这些不同的物件在你胸中所引起的情感是什么样的呢？依科学家看，松和柳同具“树”的共相，鹰和莺同具“鸟”的共相，然而在情感方面，老鹰却和古松同调，娇莺却和嫩柳同调；借用名学的术语在美术上来说，鹰和松同具一个美的共相，莺和柳又同具一个美的共相，它们所象征的全然不同。倘若莺飞上松顶，鹰栖在柳枝，你登时就会发生不调和的感觉，虽然为变化出奇起见，这种不伦不类的配合有时也为美术家所许可的。

垂死的奴隶

米开朗基罗
1513
法国巴黎卢浮宫

自然界有两种美：老鹰古松是一种，娇莺嫩柳又是一种。倘若你细心体会，凡是配用”美“字形容的事物，不属于老鹰古松的一类，就属于娇莺嫩柳的一类，否则就是两类的混合。从前人有两句六言诗说：“骏马秋风冀北，杏花春雨江南。”这两句诗每句都只提起三个殊相，然而可象征一切美。你遇到任何美的事物，都可以拿它们做标准来分类。比如说峻崖、悬瀑、狂风、暴雨、沉寂的夜或是无垠的沙漠，垓下哀歌的项羽或是床头捉刀的曹操，你可以说这是“骏马秋风冀北”的美；比如说清风、皓月、暗香、疏影、青螺似的山光、媚眼似的湖水、葬花的林黛玉或是“侧帽饮水”的纳兰，你可以说这是“杏花春雨江南”的美。因为这两句诗每句都象征一种美的共相。

这两种美的共相是什么呢？定义正名向来是难事，但是形容词是容易找的。我说“骏马秋风冀北”时，你会想到“雄浑 ”、“劲健”，我说“杏花春雨江南”时，你会想到“秀丽”、“纤秾”；前者是“气概”，后者是“神韵”；前者是刚性美，后者是柔性美。

刚性美是动的，柔性美是静的；动如醉，静如梦。尼采在《悲剧之起源》里说艺术有两种：一种是醉的产品，音乐和跳舞是最显著的例；一种是梦的产品，一切造型的艺术如诗如雕刻都属这一类。他拿光神阿波罗和酒神狄俄倪索斯来象征这两种艺术。你看阿波罗的光辉那样热烈吗？其实他的面孔比瞌睡汉还更恬静，世界一切色相得他的光才呈现，所以都是在那儿梦出来的。诗人和雕刻家的任务也和阿波罗一样，全是在造色相，换句话说，全是在做梦。狄俄倪索斯就完全相反。他要图刹那间的尽量的欢乐。在青葱茂密的葡萄丛里，看蝶在翩翩地飞，蜂在嗡嗡地响，他不由自主地把自己投在生命的狂澜里，放着嗓子狂歌，提着足尖乱舞。他固然没有造出阿波罗所造的那些恬静幽美的幻梦，那些光怪陆离的色相，可是他的歌和天地间生气相出息，他的舞和大自然有脉搏共起落，也是发泄，也是表现，总而言之，也是人生不可少的一种艺术。在尼采看，这两种相反的美熔于一炉，才产出希腊的悲剧。

尼采所谓狄俄倪索斯的艺术是刚性的，阿波罗的艺术是柔性的，其实在同一种艺术之中也有刚柔之别。比如说音乐，贝多芬的《第三合奏曲》和《热情曲》固然像狂风暴雨，极沉雄悲壮之致，而《月光曲》和《第六合奏曲》则温柔委婉，如悲如诉，与其谓为“醉”，不如谓为“梦”了。

艺术是自然和人生的返照，创作家往往因性格的偏向，而作品也因而畸刚或畸柔。米开朗基罗在性格上和艺术上都是刚性美的极端的代表。你看他的《摩西》，火焰有比他的目光更烈的吗？钢铁有比他的须髯更硬的吗？你看他的《大卫》，他那副脑里怕藏着比亚力山大的更惊心动魄的雄图吧？他那只庞大的右臂迟一会儿怕要拔起喜马拉雅山去撞碎哪一个星球吧？亚当是上帝首创的人，可是要结识世界第一个理想的伟男子，你需得到罗马西斯丁教寺的顶壁上去物色，这一幅大气磅礴的创世纪记，没有一个面孔不露着超人的意志，没有一条筋肉不鼓出海格立斯的气力。对这些原始时代的巨人，我们这些退化的侏儒只得自惭形秽，吐舌惊赞。可是凡是娘养的儿子也都不免感到一件缺憾——你看除《德尔斐仙》（Delphic Shbyl）以外，简直没有一个人像女子！你说那位是夏娃吗？那位是马妥娜吗？假如世界女子们都像那样犷悍，除着独身终生的米开朗基罗以外的男子们还得把头磬低些啊！

摩西

米开朗基罗

1515

意大利罗马圣彼得镣铐教堂

雷阿那多·达·芬奇恰好替米开朗基罗做一个反衬。假如“亚当”是男性美的象征，女性美的象征从“密罗斯爱神”以后，就不得不推《蒙娜·丽莎》了。那庄重中寓着妩媚的眼，那轻盈而神秘的笑，那丰润而灵活的手，艺术家们已摸索了不知几许年代，到达·芬奇才算寻出，这是多么大的一个成功！米开朗基罗画“夏娃”和“圣母”，像他画“亚当”一样，都是用他雕”大卫“和”摩西“的那一副手腕，始终脱不去那种峥嵘巍峨的气象。达·芬奇的天才是比较的多方面的，他的世界中固然也有些魁梧奇伟的男子，可是他的特长确为佩特所说的，全在“能勾魂”（fascinating），而他所以“能勾魂”，则全在能摄取女性中最令人留恋的特质表现在幕布上。藏在日内瓦的那幅《圣约翰授洗者》活像女子化身固不用说，连藏在卢浮宫的那幅《酒神》也只是一位带醉的《蒙娜·丽莎》。再看《最后的晚餐》中的耶稣！他披着发，低着眉，在慈祥的面孔中现出悲哀和恻隐，而同时又毫没有失望的神采，除着抚慰病儿的慈母以外，你在哪里能寻出他的“模特儿”呢？

中国古代哲人观察宇宙似乎全都从美术家的观点出发，所以他们在万殊中所见得的共相为“阴”与“阳”。《易经》和后来讳学家把万事万物都归原到两仪四象，其所用标准，就是我们把老鹰配古松，娇莺配嫩柳所用的标准，这种观念在一般人脑里印得很深，所以历来艺术家对于刚柔两种美分得很严。在诗方面有李、杜与王、韦之别，在词方面有苏、辛与温、李之别，在画方面有石涛、八大与六如、十洲之别，在书法方面有颜、柳与褚、赵之别。这种分别常与地域有关系，大约北人偏刚，南人偏柔，所以艺术上的南北派已成为柔性派与刚性派的别名。清朝阳湖派和桐城派对于文章的争执也就在对于刚柔的嗜好不同。姚姬传《复鲁絜非书》是讨论刚柔两种美的文字中最好的一篇，他说：

自诸子而降，其为文无有弗偏者。其得于阳与刚之美者，则其文如霆如电，如长风之出谷，如崇山峻崖，如决大河，如奔骐骥；其光也如杲日，如火，如金镠铁，其于人也如凭高视远，如君而朝万众，如鼓万勇士而战之。其得于阴与柔之美者，则其文如升初日，如清风，如云，如霞，如烟，如幽林曲涧，如沦，如漾，如珠玉之辉，如鸿鹄之鸣而入寥阔；其于人也漻乎其如叹，邈乎其如有思，暖乎其如喜，愀乎其如悲。观其文，讽其音，则为文者之性情形状举以殊焉。

统观全局，中国的艺术是偏于柔性美的。中国诗人的理想境界大半是清风皓月疏林幽谷之类。环境越静越好，生活也越闲越好。他们很少肯跳出那“方宅十余亩，草屋八九间”的宇宙，而凭视八荒，遥听诸星奏乐者。他们以“乐天安命”为极大智慧，随贝雅特里奇上窥华严世界，已嫌多事，至于为着毕尝人生欢娱，穷探地狱秘奥，不惜同恶魔定卖魂约，更忒不安分守己了。因此，他们的诗也大半是微风般的荡漾，轻燕般的呢喃。过激烈的颜色，过激烈的声音，和过激烈的情感都是使他们畏避的。他们描写月的时候百倍于描写日；纵使描写日，也只能烘染朝曦九照，遇着盛夏正午烈火似的太阳，可就要逃到北窗下高卧，做他的羲皇上人了。司空图《二十四诗品》中只有“雄浑”、“劲健”、“豪放”、“悲慨”四品算是刚性美，其余二十品都偏于阴柔。我读《旧约·约伯记》、莎士比亚的《哈姆雷特》、弥尔顿的《失乐园》诸作，才懂得西方批评学者所谓“宇宙的情感”（cosmic emotion）。回头在中国文学中寻实例，除着《逍遥游》、

《齐物论》、《论语·子在川上》章，陈子昂《登幽州台怀古》，李白《日出东方隅》诸作以外，简直想不出其他具有“宇宙的情感”的文字。西方批评学者向以 sublime 为最上品的刚性美，而这个字不特很难应用来说中国诗，连一个恰当的译词也不易得。“雄浑”、“劲健”、“庄严”诸词都只能得其片面的意义。中国艺术缺乏刚性美在音乐方面尤易见出，比如弹七弦琴，尽管你意在高山，意在流水，它都是一样单调。

抽象立论时，常容易把分别说得过于清楚。刚柔虽是两种相反的美，有时也可以混合调和，在实际上，老鹰有栖柳枝的时候，娇莺有栖古松的时候，也犹如男子中之有杨六郎，女子中之有麦克白夫人，西子湖滨之有两高峰，西伯利亚荒原之有明媚的贝加尔。说李太白专以雄奇擅长吗？他的《闺怨》、《长相思》、《清平调》诸作之艳丽委婉，亦何减于《金筌》、《浣花》？说陶渊明专从朴茂清幽入胜么？“纵浪大化中，不喜亦不惧”，又是何等气概？西方古典主义的理想向重和谐匀称，庄严中寓纤丽，才称上乘。到浪漫派才肯畸刚畸柔，中国向来论文的人也赞扬“柔亦不茹，刚亦不吐”，所以姚姬传说，“唯圣人之言统二气之会而弗偏”。比如书法，汉魏六朝人的最上作品如《夏承碑》、《瘗鹤铭》、《石门铭》诸碑，都能于气势中寓姿韵，亦雄浑，亦秀逸，后来偏刚者为柳公权之脱皮露骨，偏柔者如赵孟頫之弄态作媚，已渐流入下乘了。

谈在卢佛尔宫所得的一个感想

美术作品都能使人在微尘中见出大千，
在刹那中见出终古。
见欢爱而无留恋，
见罪孽而无畏惧，
一切希冀与畏避的念头在刹时间涣然冰释。

朋友：

去夏访巴黎卢佛尔宫（即卢浮宫——编者），得摩挲《蒙娜丽莎》肖像的原迹，这是我生平一件最快意的事。凡是第一流美术作品都能使人在微尘中见出大千，在刹那中见出终古。雷阿那多·达·芬奇（Leonardo da Vinci）的这幅半身美人肖像纵横都不过十几寸，可是她的意蕴多么深广！佩特（Walter Pater）在《文艺复兴论》里说古希腊、罗马和中世纪的特殊精神都在这一幅画里表现无遗。我虽然不知道佩特所谓古希腊的生气，罗马的淫欲和中世纪的神秘是什么一回事，可是从那轻盈笑靥里我仿佛窥透人世的欢爱和人世的罪孽。虽则见欢爱而无留恋，虽则见罪孽而无畏惧。一切希冀和畏避的念头在霎时间都涣然冰释，只游心于和谐静穆的意境。这种境界我在贝多芬乐曲里，在《密罗斯爱神》雕像里，在《浮士德》诗剧里，也常隐约领略过，可是都不如《蒙娜丽莎》所表现的深刻明显。

蒙娜丽莎

达·芬奇

1503–1507

法国巴黎卢浮宫

我穆然深思，我悠然遐想，我想象到中世纪人们的热情，想象到达·芬奇作此画时费四个寒暑的精心结构，想象到丽莎夫人临画时听到四周的缓歌曼舞，如何发出那神秘的微笑。

正想得发呆时，这中世纪的甜梦忽然被现世纪的足音惊醒，一个法国向导领着一群四五十个男的女的美国人蜂拥而来了。向导操很拙劣的英语指着说："这就是著名的《蒙娜丽莎》。"那班肥颈项胖乳房的人们照例露出几种惊奇的面孔，说出几个处处用得着的赞美的形容词，不到三分钟又蜂拥而去了。一年四季，人们尽管川流不息地这样蜂拥而来蜂拥而去，丽莎夫人却时时刻刻在那儿露出你不知道是怀善意还是怀恶意的微笑。

从观赏《蒙娜丽莎》的群众回想到《蒙娜丽莎》的作者，我顿时发生一种不调和的感触，从中世纪到现世纪，这中间有多么深多么广的一条鸿沟！中世纪的旅行家一天走上两百里已算飞快，现在坐飞艇不用几十分钟就可走几百里了。中世纪的著作家要发行书籍须得请僧侣或抄胥用手抄写，一个人朝于斯夕于斯的，一年还不定能抄完一部书，现在大书坊每日可出书万卷，任何人都可以出文集诗集了。中世纪许多书籍是新奇的，连在近代，以培根、笛卡儿那样渊博，都没有机会窥亚里士多德的全豹，近如包慎伯到三四十岁时才有一次机会借阅《十三经注疏》。现在图书馆林立，贩夫走卒也能博通上下古今了。中世纪画《蒙娜丽莎》的人须自己制画具自己配颜料，作一幅画往往须三年五载才可成功，现在美术家每日可以成几幅乃至于十几幅"创作"了。中世纪人想看《蒙娜丽莎》须和作者或他的弟子有交谊，真能欣赏他，才能侥幸一饱眼福，现在卢佛尔宫好比十字街，任人来任人去了。

这是多么深多么广的一条鸿沟！据历史家说，我们已跨过了这鸿沟，所以我们现代文化比中世纪进步得多了。话虽如此说，而我对着《蒙娜丽莎》和观赏《蒙娜丽莎》的群众，终不免有所怀疑，有所惊惜。

在这个现世纪忙碌的生活中，哪里还能找出三年不窥园、十年成一赋的人？哪里还能找出深通哲学的磨镜匠，或者行乞读书的苦学生？现代科学和道德信条都比从前进步了，哪里还能迷信宗教崇尚侠义？我们固然没有从前人的呆气，可是我们也没有从前人的苦心与热情了。别的不说，就是看《蒙娜丽莎》也只像看破烂朝报了。

科学愈进步，人类征服环境的能力也愈大。征服环境的能力愈大，的确是人生一大幸福。但是它同时也易生流弊。困难日益少，而人类也愈把事情看得太容易，做一件事不免愈轻浮粗率，而艰苦卓绝的成就也便日益稀罕。比方从纽约到巴黎还像从前乘帆船时要经许多时日，冒许多危险，美国人穿过卢佛尔宫决不会像他们穿过巴黎香榭里雪街一样匆促。我很坚决地相信，如果美国人所谓“效率”（efficiency）以外，还有其他标准可估定人生价值，现代文化至少含有若干危机的。

“效率”以外究竟还有其他估定人生价值的标准吗？要回答这个问题，我们最好拿法国理姆（Reims）、亚眠（Amiens）各处几个中世纪的大教寺和纽约一座世界最高的钢铁房屋相比较。或者拿一幅湘绣和杭州织锦相比较，便易明白。如只论“效率”，杭州织锦和美国钢铁房屋都是一样机械的作品，较之湘绣和理姆大教寺，费力少而效率差不多总算没有可指摘之点。但是刺湘绣的闺女和建筑中世纪大教寺的工程师在工作时，刺一针线或叠一块砖，都要费若干心血，都有若干热情在后面驱遣，他们的心眼都钉在他们的作品上，这是近代只讲“效率”的工匠们所诧为呆拙的。织锦和钢铁房屋用意只在适用，而湘绣和中世纪建筑于适用以外还要能慰情，还要能为作者力量气魄的结晶，还要能表现理想与希望。假如这几点在人生和文化上自有意义与价值，“效率”决不是唯一的估定价值的标准，尤其不是最高品的估定价值的标准。最高品估定价值的标准一定要着重人的成分（human element），遇见一种工作不仅估量它的成功如何，还有问它是否由努力得来的，是否为高尚理想与伟大人格之表现。如果它是经过努力而能表现理想与人格的工作，虽然结果失败了，我们也得承认它是有价值的。这个道理布朗宁（Browning）在 Rabbi Ben Ezva 那篇诗里说得最精透，我不会翻译，只择几段出来让你自己去玩味：

Not on the vulgar mass
Called“work”，must sentence pass，
Things done，that took the eye and had the price；
O'er which，from level stand，
The low world laid its hand，
Found straight way to its mind，could value in a trice：

But all，the world's coarse thumb

And finger failed to plumb,

So passed in making up the main account;

All instincts immature,

All purposes unsure,

That weighed not as his work, yet swelled the man's amount:

Thoughts hardly to be packed

Into a narrow act,

Fancies that broke through thoughts and escaped:

All I could never be,

All, men ignored in me,

This I was worth to God, whose wheel the pitcher shaped.

这几段诗在我生平所给的益处最大。我记得这几句话，所以能惊赞热烈的失败，能欣赏一般人所嗤笑的呆气和空想，能景仰不计成败的艰苦卓绝的努力。

假如我的十二封信对于现代青年能发生毫末的影响，我尤其虔心默祝这封信所宣传的超“效率”的估定价值的标准能印入个个读者的心孔里去。因为我所知道的学生们、学者们和革命家们都太贪容易，太浮浅粗疏，太不能深入，太不能耐苦，太类似美国旅行家看《蒙娜丽莎》了。

你的朋友 孟实

风｜行｜水｜上｜自｜成｜文

CHAPTER 4

人生本来就是一种较广义的艺术。

每个人的生命史就是他自己的作品。

正路并不一定就是一条平平坦坦的直路，难免有些曲折和崎岖险阻。

人生苦短，可有什么人或事，让你愿意为之停下脚步，静静欣赏。

文学与人生

文艺是含蕴在人生世相中的，
好比盐溶于水，
饮者知咸，
却不辨何者为盐，
何者为水。

文学是以语言文字为媒介的艺术。就其为艺术而言，它与音乐图画雕刻及一切号称艺术的制作有共同性：作者对于人生世相都必有一种独到的新鲜的观感，而这种观感都必有一种独到的新鲜的表现；这观感与表现即内容与形式，必须打成一片，融合无间，成为一种有生命的和谐的整体，能使观者由玩索而生欣喜。达到这种境界，作品才算是“美”。美是文学与其他艺术所必具的特质。就其以语言文字为媒介而言，文学所用的工具就是我们日常运思说话所用的工具，无待外求，不像形色之于图画雕刻，乐声之于音乐。每个人不都能运用形色或音调，可是每个人只要能说话就能运用语言，只要能识字就能运用文字。语言文字是每个人表现情感思想的一套随身法宝，它与情感思想有最直接的关系。因为这个缘故，文学是一般人接近艺术的一条最直截简便的路；也因为这个缘故，文学是一种与人生最密切相关的艺术。

我们把语言文字联在一起说，是就文化现阶段的实况而言，其实在演化程序上，先有口说的语言而后有手写的文字，写的文字与说的语言在时间上的距离可以有数千年乃至数万年之久，到现在世间还有许多民族只有语言而无文字。远在文字未产生以前，人类就有语言，有了语言就有文学。文学是最原始的也是最普遍的一种艺术。在原始民族中，人人都欢喜唱歌，都欢喜讲故事，都欢喜戏拟人物的动作和姿态。这就是诗歌、小说和戏剧的起源。于今仍在世间流传的许多古代名著，像中国的《诗经》，希腊的荷马史诗，欧洲中世纪的民歌和英雄传说，原先都由口头传诵，后来才被人用文字写下来。在口头传诵的时期，文学大半是全民众的集体创作。一首歌或是一篇故事先由一部分人倡始，一部分人随和，后来一传十，十传百，辗转相传，每个传播的人都贡献一点心裁把原文加以润色或增损。我们可以说，文学作品在原始社会中没有固定的著作权，它是流动的，生生不息的，集腋成裘的。它的传播期就是它的生长期，它的欣赏者也就是它的创作者。这种文学作品最能表现一个全社会的人生观感，所以从前关心政教的人要在民俗歌谣中窥探民风国运，采风观乐在春秋时还是一个重要的政典。我们还可以进一步说，原始社会的文学就几乎等于它的文化；它的历史、政治、宗教、哲学等等都反映在它的诗歌、神话和传说里面。希腊的神话史诗，中世纪的民歌传说以及近代中国边疆民族的歌谣、神话和民间故事都可以为证。

口传的文学变成文字写定的文学，从一方面看，这是一个大进步，因为作品可以不纯由记忆保存，也不纯由口诵流传，它的影响可以扩充到更久更远。但从另一方面看，这种变迁也是文学的一个厄运，因为识字另需

大卫

米开朗基罗

1501—1504

意大利佛罗伦萨学院美术馆

一番教育，文学既由文字保存和流传，文字便成为一种障碍，不识字的人便无从创造或欣赏文学，文学便变成一个特殊阶级的专利品。文人成了一个特殊阶级，而这阶级化又随社会演进而日趋尖锐，文学就逐渐和全民众疏远。这种变迁的坏影响很多，第一，文学既与全民众疏远，就不能表现全民众的精神和意识，也就不能从全民众的生活中吸收力量与滋养，它就不免由窄狭化而传统化，形式化，僵硬化。其次，它既成为一个特殊阶级的兴趣，它的影响也就限于那个特殊阶级，不能普及于一般人，与一般人的生活不发生密切关系，于是一般人就把它认为无足轻重。文学在文化现阶段中几乎已成为一种奢侈，而不是生活的必需。在最初，凡是能运用语言的人都爱好文学；后来文字产生，只有识字的人才能爱好文学；现在连识字的人也大半不能爱好文学，甚至有一部分人鄙视或仇视文学，说它的影响不健康或根本无用。在这种情形之下，一个人要想郑重其事地来谈文学，难免有几分心虚胆怯，他至少须说出一点理由来辩护他的不合时宜的举动。这篇开场白就是替以后陆续发表的十几篇谈文学的文章作一个辩护。

先谈文学有用无用问题。一般人嫌文学无用，近代有一批主张“为文艺而文艺”的人却以为文学的妙处正在它无用。它和其他艺术一样，是人类超脱自然需要的束缚而发出的自由活动。比如说，茶壶有用，因能盛茶，是壶就可以盛茶，不管它是泥的瓦的扁的圆的，自然需要止于此。但是人不以此为满足，制壶不但要能盛茶，还要能娱目赏心，于是在质料、式样、颜色上费尽机巧以求美观。就浅狭的功利主义看，这种功夫是多余的，无用的；但是超出功利观点来看，它是人自作主宰的活动。人不惮烦要作这种无用的自由活动，才显得人是自家的主宰，有他的尊严，不只是受自然驱遣的奴隶；也才显得他有一片高尚的向上心。要胜过自然，要弥补自然的缺陷，使不完美的成为完美。文学也是如此。它起于实用，要把自己所知所感的说给旁人知道；但是它超过实用，要找好话说，要把话说得好，使旁人在话的内容和形式上同时得到愉快。文学所以高贵，值得我们费力探讨，也就在此。

这种“为文艺而文艺”的看法确有一番正当道理，我们不应该以浅狭的功利主义去估定文学的身价。但是我以为我们纵然退一步想，文学也不能说是完全无用。人之所以为人，不只因为他有情感思想，尤在他能以语言文字表现情感思想。试假想人类根本没有语言文字，像牛羊犬马一样，人类能否有那样光华灿烂的文化？文化可以说大半是语言文字的产品。有了语言文字，许多崇高的思想，许多微妙的情境，许多可歌可泣的事迹才能流传广播，由一个心灵出发，去感动无数心灵，去启发无数心灵的创造。这感动和启发的力量大小与久暂，就看语言文字运用得好坏。在数千载之下，《左传》、《史记》所写的人物事迹还活现在我们眼前，若没有左丘明、司马迁的那种生动的文笔，这事如何能做到？这数千载之下，柏拉图的《对话集》所表现的思想对于我们还是那么亲切有趣，若没有柏拉图的那种深入浅出的文笔，这事又如何能做到？从前也许有许多值得流传的思想与行迹，因为没有遇到文人的点染，就淹没无闻了。我们自己不时常感觉到心里有话要说而说不出的苦楚吗？孔子说得好：“言之无文，行之不远。”单是“行远”这一个功用就深广不可思议。

柏拉图、卢梭、托尔斯泰和程伊川都曾怀疑到文学的影响，以为它是不道德的或是不健康的。世间有一部分文学作品确有这种毛病，本无可讳言，但是因噎不能废食，我们只能归咎于作品不完美，不能断定文学本身必有罪过。从纯文艺观点看，在创作与欣赏的聚精会神的状态中，心无旁涉，道德的问题自无从闯入意识阈。纵然离开美感态度来估定文学在实际人生中的价值，文艺的影响也决不会是不道德的，而且一个人如果有纯正的文艺修养，他在文艺方面所受的道德影响可以比任何其他体验与教训的影响更为深广。“道德的”与“健全的”原无二义。健全的人生理想是人性的多方面的谐和的发展，没有残废也没有臃肿。譬如草木，在风调雨顺的环境之下，它的一般生机总是欣欣向荣，长得枝条茂畅，花叶扶疏。情感思想便是人的生机，生来就需要宣泄生长，发芽开花。有情感思想而不能表现，生机便遭窒塞残损，好比一株发育不完全而呈病态的花草。文艺是情感思想的表现，也就是生机的发展，所以要完全实现人生，离开文艺决不成。世间有许多对文艺不感兴趣的人干枯浊俗，生趣索然，其实都是一些精神方面的残废人，或是本来生机就不畅旺，或是有畅旺的生机因为窒塞而受摧残。如果一种道德观要养成精神上的残废人，它本身就是不道德的。

表现在人生中不是奢侈而是需要，有表现才能有生展，文艺表现情感思想，同时也就滋养情感思想使它生展。人都知道文艺是“怡情养性”的。仔细玩索“怡养”两字的意味！性情在怡养的状态中，它必定是健旺的，生发的，快乐的。这“怡养”两字却不容易做到，在这纷纭扰攘的世界中，我们大部分时间与精力都费在解决实际生活问题，奔波劳碌，很机械地随着疾行车流转，一日之中能有几许时刻回想到自己有性情？还论怡养！凡

最后的晚餐

达·芬奇
1495—1497
意大利米兰
圣玛利亚感恩教堂

是文艺都是根据现实世界而铸成另一超现实的意象世界，所以它一方面是现实人生的返照，一方面也是现实人生的超脱。在让性情怡养在文艺的甘泉中时，我们霎时间脱去尘劳，得到精神的解放，心灵如鱼得水地徜徉自乐；或是用另一个比喻来说，在干燥闷热的沙漠里走得很疲劳之后，在清泉里洗一个澡，绿树荫下歇一会儿凉。世间许多人在劳苦里打翻转，在罪孽里打翻转，俗不可耐，苦不可耐，原因只在洗澡歇凉的机会太少。

从前中国文人有“文以载道”的说法，后来有人嫌这看法的道学气太重，把“诗言志”一句老话抬出来，以为文学的功用只在言志；释志为“心之所之”，因此言志包涵表现一切心灵活动在内。文学理论家于是分文学为“载道”、“言志”两派，仿佛以为这两派是两极端，绝不相容——“载道”是“为道德教训而文艺”，“言志”是“为文艺而文艺”。其实这问题的关键全在“道”字如何解释。如果释“道”为狭义的道德教训，载道就显然小看了文学。文学没有义务要变成劝世文或是修身科的高头讲章。如果释“道”为人生世相的道理，文学就决不能离开“道”，“道”就是文学的真实性。志为心之所之，也就要合乎“道”，情感思想的真实本身就是“道”，所以“言志”即“载道”，根本不是两回事，哲学科学所谈的是“道”，文艺所谈的仍然是“道”，所不同者哲学科学的道是抽象的，是从人生世相中抽绎出来的，好比从盐水中所提出来的盐；文艺的道是具体的，是含蕴在人生世相中的，好比盐溶于水，饮者知咸，却不辨何者为盐，何者为水。用另一个比喻来说，哲学科学的道是客观的、冷的、有精气而无血肉的；文艺的道是主观的、热的，通过作者的情感与人格的渗沥，精气与血肉凝成完整生命的。换句话说，文艺的“道”与作者的“志”融为一体。

我常感觉到，与其说“文以载道”，不如说“因文证道”。《楞严经》记载佛有一次问他的门徒从何种方便之门，发菩提心，证圆通道。几十个菩萨罗汉轮次起答，有人说从声音，有人说从颜色，有人说从香味，大家总共说出二十五个法门（六根、六尘、六识、七大，每一项都可成为证道之门）。读到这段文章，我心里起了一个幻想，假如我当时在座，轮到我起立作答时，我一定说我的方便之门是文艺。我不敢说我证了道，可是从文艺的玩索，我窥见了道的一斑。文艺到了最高的境界，从理智方面说，对于人生世相必有深广的观照与彻底的了解，如阿波罗凭高远眺，华严世界尽成明镜里的光影，大有佛家所谓万法皆空，空而不空的景象；从情感方面说，对于人世悲欢好丑必有平等的真挚的同情，冲突化除后的谐和，不沾小我利害的超脱，高等的幽默与高度的严肃，成为相反者之同一。柏格森说世界时时刻刻在创化中，这好比一个无始无终的河流，孔子所看到的“逝者如斯夫，不舍昼夜”，希腊哲人所看到的“濯足清流，抽足再入，已非前水”，所以时时刻刻有它的无穷的兴趣。抓住某一时刻的新鲜景象与兴趣而给以永恒的表现，这是文艺。一个对于文艺有修养的人决不感觉到世界的干枯与人生的苦闷。他自己有表现的能力固然很好，纵然不能，他也有一双慧眼看世界，整个世界的动态便成为他的诗，他的图画，他的戏剧，让他的性情在其中“怡养”。到这种境界，人生便经过了艺术化，而身历其境的人，在我想，可以算得一个有“道”之士。从事于文艺的人不一定都能达到这个境界，但是它究竟不失为一个崇高的理想，值得追求，而且在努力修养之后，可以追求得到。

流行文学三弊

真正的文学革命必定从充实内心生活做起。
目前大患，
不在表现内心生活的工具不够，
而在内心生活本身的贫乏。

文学的条件本很简单，第一是有话值得说，其次是把话说得恰到好处。有话值得说，内容才充实；说得恰到好处，形式才完美。像其他艺术一样，文学必须寓亲切情趣于具体意象。情趣与意象欣合无间，自成一新境界，就是值得说的话。没有亲切情趣，自己未曾受感动，决不能感动人；有亲切情趣而没有具体意象来表现它，喜只发泄于一笑，悲只发泄于一哭，境迁情逝，便了无余蕴。情趣化为意象，作者才可作沉静的回味。读者才可由境见情。情趣意象的融合是艺术的胚胎，在心中化育，也可在心中含蓄。在心中含蓄时，他对于作者自己仍不失其艺术的价值。但是，人是社会的动物，每个人都有把个体生命扩充为社会生命的希冀，有话总得要说给人听，守秘是最苦的事。心里有话必须说出，而把心里的话说得恰到好处，结果就是艺术作品。有作品，艺术才可以由作者传达到读者。这里所谓“恰到好处”颇不是一件易事。一则语言不常能跟着思想感情走，每个人都经验过有话说不出的苦楚，或是所说的和所想的究竟还相差一点歉意。语言这个工具于写作者的手里，如同刀锯在匠人的手里一样，要经过若干艰苦的训练，才能运用自如。其次，所谓“恰到好处”，以作者为准与以读者为准亦不尽同。在作者看，词或已达意；在读者看，仍未必能完全了解。性分、修养、经验人各不同，这种了解上的差别是于理应有的。调和折中或是最稳妥的办法。“修词立其诚”，“言之无文，行之不远”。“立诚”和“行远”在第一流作品里是并行不悖的。

这番道理本极浅近平凡，但极浅近平凡的也往往极不容易做到。目前流行文学作品，从印行的诗文小说戏剧以至于壁报和课堂习作，都似乎没有达到这种极浅近平凡的标准。许多写作者似根本不明白文字是怎么回事，拿文学做招牌来做种种可笑的勾当，在文坛上酝酿一种极不健康的风气。没有出息的始终没有出息，在文坛上鬼混若干年以后，逃不了他们应受的遗忘与消灭。最可怜的是一般有志于文学的青年，只有那一个不健康的风气做榜样，盲目地跟着旁人走，到后来只是一蟹不如一蟹，糟蹋了许多有为的青年，也糟蹋了才露头角的新文学。这篇随感录并不敢为作家说法，只是站在读者的地位来诉一点苦。章实斋做过《古文十弊》，现在不勉强凑足成数，只就一时所认为最重要的指出三点。

一、陈腐——人常为惰性所累，欢喜朝抵抗力最低的路线走，抵抗力最低的路线是被人践踏到熟烂的路线，在个人为习惯，在社会为风俗，为传统。习惯和风俗的潜势力比什么都大，人常不知不觉地被他们拖着走。对于和他们不相容的总是加以仇视与抗拒。在每个时代，伦理，政治，学术以及全体文化的进展所感到的最大的阻碍力就是习惯风俗，就是心理学

圣经

文森特·梵高

1885

荷兰阿姆斯特丹梵高美术馆

家所说的“呆板反应”（stock-responses）。在文艺方面，习惯和风俗的阻碍力尤其险毒。一种已成作风的僵硬化，一种新兴作风的流产或夭折，都是习惯和风俗所伴的惰性在作祟。中国几千年来文艺笃守传统，到现在，大学国文系还让一般似通不通的学究把持着，禁止学生谈语体文，教他们专做那些似通不通的策论诗赋。这就正是中了惰性的毒。不过，新文学家也得自己反省：他们在精神上是否真与顽腐学究有什么不同呢？现在文坛上弥漫着的是模仿抄袭的空气。白话文运动初期，多数人在传染浪漫派的无聊的感伤，后来又贩卖写实主义，象征主义，大众化，种种空洞的名词，很少有人脚踏实地埋头努力开辟一条自己的路径，创造出思想、体裁、内容都度越流俗，值得一读的作品。最重要的原因是写作者根本没有文艺的资禀与修养，只是拿文艺做商业上和政治上的敲门砖。书店老板或政党走狗今天想出一个花样，他们如法炮制；明天想出另一个花样，他们依然如法炮制。文艺变成游街队的叫卖，小喽啰的呐喊，还有什么风格生命可言！倒霉的是我们花钱买书的读者，读来读去，老是那么一套，读了第一篇便不想读第二篇，勉强看下去越觉得烦腻，把一点文学味抹杀得一干二净。从前有些慈善家（其中也不乏伪君子），要劝人行善消恶，便造出许多故事，如某甲放了若干乌龟的生，后来享了长寿，某乙犯了奸淫，后来自己的妻女显了报应。这类故事已成为一般“善书”《感应篇》、《阴骘文》内容的共通性。谈现在流行文学作品——尤其是所谓“宣传”品——我们常嗅到“善书”、“感应篇”之类的气息。著“善书”、说“圣谕”，以及写八股文的精神和方法，在任何时代都是要不得的，而现在还在那里滋长蔓延，这是我们最为新文学危惧的。尽管传统派批评家呐喊着要永恒性与普遍性，每个艺术作品的境界必定是独到的、新鲜的。没有创造，就没有艺术。所谓“创造”，并不是根据一个口号，敷衍成一篇文字，贴上“诗”、“小说”或“戏剧”的标签，而是用适当的语言表现出一个具体的境界和亲切的情趣。这是资禀和修养的结晶，不是支票或头衔所能买到的。

二、虚伪的——文艺不是一种门面装饰，而是丰富精神的充溢。文艺的创造多迫于不得已，有话总得要说。如果心里本来无话可说，最好就不说话。没有话可说而勉强要说，所说的话就变成内心生活贫乏的掩饰，文艺上的虚伪多由此起。虚伪的病根在中国文学史上本来种得很深。从前文人以文字为应酬工具，做寿序、墓志铭乃至于专门著述，照例都有一套门面语，都要摆一个空心架子，内容尽管很空洞，表面却须显得富丽堂皇。这是古文的通病，也是八股文和试帖诗的秘诀。它在新文学中不但没有铲除，而且因为受到不健康的外来影响还变本加厉。近代西方文学颇着重细腻的描写，一间房子，一个人，或一条狗，往往要费几千言来烘托渲染，节目上堆节目，形容词上堆形容词。有些人以为如此才显得精细富丽，其实这种写法本来不尽可为法。要把事物表现得活跃，着墨太多往往反成障碍。把辞藻当装饰来掩盖内容的空洞，在任何文字中都是大病。而且中西方语句构造习惯不同，西文所能承得起的繁词丽藻中文常承不起。现在许多作家——尤其对外国文仅有一知半解而对本国文则毫无素养者——不明白这个道理，以为做文章秘诀在搬弄漂亮词句，往往写上满篇陈腐而僵硬的形容词句，不能叫读者见出一个活跃的境界来。这是穷人摆富贵架子，戳穿了一文不值。这种虚伪是偏在形式方面，以浮华掩空洞。此外另有一种虚伪起于内容方面。近十年来，法国象征派诗和现代英美诗也一鳞一爪地传到了中国来，它们的特征是竭力撇开寻常蹊径，用深微的意象、音节，表现新鲜的情调，做得好就幽深微妙，做得不好就僻窄艰晦。这种作品在西方也只是少数知识分子的玩意儿，聊备一格固未尝不可，决不能认为是文学的正宗大道。近来，我们的新兴作家中，也有人正在模仿这种作风，成就较好的，固然可以启示学者一种新观点去感觉事物，对于粗疏陈腐是一剂良药。但是，也有好些人在冒招牌，本来没有象征诗和现代英美诗的那种情调（文化背景和社会经验不同，我们本来很不容易做起那种情调），而偏要做起来像有的样子，披上一层不易看穿的道袍，叫你猜想其中有如何神秘，等你费许多力量看穿了，原来还是一个空心大老倌，叫你懊悔得不偿失。这种勾当有些像走江湖的医生、相士的“法术”，从前人所谓“以艰深文浅陋”，也是目前很流行的一个毛病。

三、油滑——文艺和游戏在起源上本很接近，它们都是富裕的生命流露于自由活动，都是要在现实世界之上另造一个意象的世界来应情感的需要。文学家看世界，多少有如看戏，站在超然的地位，把人生世相中形形色色当作惊心动魄的图画去欣赏，对于丑陋、乖讹、灾祸时而觉得可笑，时而觉得可悲。这种悲笑是获得启示后的感动，是对于人生世相较深刻的认识和较隽永的回味，不致逼人走到佯狂或颓废的路上去。所以文艺是最高度的幽默与最高度的严肃超过冲突而达到调和。一个人如果一味严肃而没有幽默意识，对于文学就终身是门外汉；但是，因为同样理由，如果一味幽默而见不到幽默的严肃境界，也绝不会产生伟大的文学作品。一味严肃的人对于文学倒没有多大危险，因为他们钻进清教徒或道学家的圈子里去，就不会闯进文学的区域来。一味幽默的人倒往往把文学当成一种玩世的工具，使文学流为油滑。西方有一句谚语说：“这世界对于好用思想的人是一部喜剧，对于好动情感的人是一部悲剧。”大概第一流的文学作品必能调和思想与感情的冲突而同时见出世界的喜剧的与悲剧的两方面。有时思想感情乖离，幽默与严肃脱节，文学就容易偏向喜剧的调侃，以及在讥刺方面发达。这种变动发生大半在“理智时代”。古希腊的哲学鼎盛时代和近代欧洲十八世纪都是最显著的例子。大多数文人在这种时代对于人生社会的态度是讽刺的，心里不满意于现状，谴责过于悲悯，理智的抗拒多于情感的激动，无可奈何，出之以讥刺，聊博一笑。讽刺文学的发达表示心地的僻窄，情感的压抑或萎靡，以及整个精神生活的不健康。所以，讽刺文学最发达的时代，也往往是文学水准最低落的时代。我们的这个时代是否偏于理智的，我们不敢武断，但是，情感的压抑与萎靡却是不可讳言的事实。我们大多数人对于人生、社会的态度——如果不只是叫嚣鬼混而确实有一个态度的话——是偏向于讽刺的。从鲁迅一直到老舍都是如此。讽刺者大半与滑稽玩世者有别，他们还是太认真，出发点还是一副救世心肠。但是，讽刺的骨子是天生的，讽刺的面孔是可以假扮的。没有讽刺的骨子而学得讽刺的而孔，结果就会成了专会谑浪调笑的小丑。年来所谓“幽默文学”颇有这种倾向。提倡“幽默小品”的人也许有他们的见地，不过，学他们的人往往一味憨皮臭脸，油腔滑调。坏风气传染得特别快，现在，不但学生壁报和报纸副刊在学《论语》的调子，就是许多认真的作家往往在无意之中也露出点油腔滑调。这也是文坛上一个很严重的病象。

以上所说的三种弊病当然不是流行文学所特有，它们在中国文学史上老早就种了祸根，不过，现在特别显得显著。白话文运动起来以后，许多人过于兴奋，以为这是中国文学的空前的革命。从外表说，这种看法或者不无片面真理；但是，我们放冷静一点去衡量，就会觉得以往传统精神最坏的方面是在“流毒”。真正的文学革命不只是换一个语言躯壳就可以了事。用文言可以说谎和摆空架子，用白话还是可以说谎和摆空架子。这番话并非对白话文表示恶意，文学必须用活语言，这道理只有愚顽者才会否认。不过，语言究竟只是一种表现工具，表现工具改善了不一定就能保障运用它的人成为文学家，就如刀锯改善了不一定就能保障运用它的人成为好匠人是一个道理。而且语言跟着思想走，思想未脱混沌无杂的状态，语言也绝不会精妙。真正的文学革命必定从充实内心生活做起。目前大患，不在表现内心生活的工具不够，而在内心生活本身的贫乏。关于发展内心生活这一点，我们希望作家自己有觉悟，肯努力，同时也希望政府和社会少给一点诱惑与钳制。

眼泪文学

我看最卑微的野花都有意义，但在眼泪无法企及的地方深藏。

记得有一位作者，在他一篇小说后面记他自己读那篇文章所受的感动程度说："因为这一段事过于凄惨，自己写完了再读一过，却又落了一会儿泪。"近来又看到一位批评家谈一部新出的剧本，他说他喜欢这剧本，它使他"流过四次眼泪"。同样的自白随时随地可以看到或听到，我每看到或听到这种话时，心里不免有些怅惘。我也天天在读文学作品，为什么我一向就没有流过眼泪呢？罪过显然不在作品，因为叫他们流泪的书我也还是在读。这大概只能归咎我的天性薄，心肠硬了。

应该归咎于我自己，我承认，不过文学与眼泪是否真有必然的关联？文学的最高恩惠是否就是眼泪？叫人流泪的多寡是否是衡量文学价值的靠得住的标准？对于这些问题，我却很怀疑。

我虽不会流泪，但是我想它也并不是难事。你到戏院或电影院里去看看。每逢到一个末路英雄，一对情侣的生离死别，或是一个堕落者的最后忏悔，你回头望一望同座的观众，——尤其是太太小姐们——你总可以发

悲剧

1908

阿尔丰斯·穆夏

见一些人在拿手帕揩眼睛。这是你看得见的，还有许多末路英雄，失意情侣和忏悔的堕落者睡在被窝里或是躺在沙发上在埋头咀嚼感伤派的小说，“掬同情之泪”，你也不难想象到。

在这个世界里，末路英雄，失意情侣和忏悔的堕落者实在是太多了，所以感伤派文学——或者用法国人所取的一个更恰当的名称，“眼泪文学”（litl é rature de larme）——总是到处受欢迎。据希腊哲学家柏拉图说，人生来就有一种哀怜癖，爱流泪，爱读叫人流泪的文学。这是一种饥渴，一种馋瘾，读“眼泪文学”觉得爽快，正犹如吃了酒，发泄了性欲，打了吗啡针，一种很原始的要求得到了满足。因为需要普遍，所以就有一派作者应运而起，努力供给以文学为商标的兴奋剂。

“眼泪文学”既有人类根性做基础，所以传播起来非常容易。大家愈称赞流泪，于是流泪成为时髦。我们都知道，文学史上有所谓“浪漫时期”，“浪漫时期”又有所谓“世纪病”，“世纪病”其实可以说就是“流泪病”。在那个时期，不爱流泪，不会叫人流泪，就简直失去“诗人”的资格。他们的英雄是维特（Werther），是哈罗尔德（Herold），是勒内（Ren é），个个都是眼泪汪汪地望着破烂的堡垒和荒凉的墓园，嗟叹人生的空虚，歌咏伤感的伟大。会流泪，就会显得你不同凡俗，显得你深刻高贵。大家都爱自居深刻高贵，于是流泪本来虽是“贵族的”，也变成“平民的”了。因此，“眼泪文学”于人类根性之外，又加上风气与虚荣心两重保障。

文学能叫人流泪，它的感动力多么伟大啊！但是我们试平心静气地想一想：世间受文学感动而至于流泪的人们，在感动以后，究竟发下什么样

李尔王为考狄利娅的死而哭泣

1786

詹姆斯·巴里

的大善心，叫世界上少发生一些可痛哭流涕的事件呢？谈到这个问题，我又想起柏拉图。他驱逐诗人于理想国之外，重要的原因就是诗人太爱叫人流泪。只有弱者在悲苦的境遇才感伤流泪，诗人迎合人类好感伤流泪的一点劣根性，尽量拿易起感伤的材料去刺激听众，叫他们得到满足“哀怜癖”的快感，久之习惯成自然，他们便逐渐失去“丈夫气”，性格变成女性化，到自己遇到悲苦境界时，也只以一叹一哭了之。柏拉图的清教徒式的严酷固然有些过火，但从一般读文学而爱流泪的人们所给的实证看，他的话似乎也并不完全错误。记得看过一篇俄国小说——记不清作者，许是屠格涅夫——写一位莫斯科的贵妇坐在马车里读一部写贫苦社会的小说，读得泪流满面，同时她的马车夫就在她面前冻死了，她却毫不在意。受文学作品感动而流泪的人们心地并不一定就特别慈祥，法国哲学家卢梭老早就已经说过。像罗马塞那（Sylla）之类的暴君素以残酷著名，到戏院里去看悲剧时也还是流泪。

能叫人流泪的文学不一定就是第一等的文学。关于这一点，我曾经作过一些实地观察。我到戏院里看戏，总喜欢回头看看观众在兴酣局紧时，面孔上表现什么样的反应。我看过几十次的莎士比亚的作品，在剧情极悲惨时，我回头看看，只见全场人都在屏息静听，面上都呈现一种虽紧张而却镇定喜悦的样子。我也看过不少的富于感伤性的近代戏，像《茶花女》《少奶奶的扇子》之类的戏我都看过好几遍，每次总听得前后左右的观众哭的哭，啼的啼。我不常看电影，但是也常听到看过电影的朋友回来报告说：“今天片子真好，许多人都淌了眼泪。”我不敢很武断地说某一种文学一定比某一种价值高，但是我觉得把《茶花女》《少奶奶的扇子》之类的作品摆在《李尔王》或《麦克白》之上，至少是可以引起疑问。就是拿同一个作者的作品来说，《少年维特之烦恼》叫人流泪的可能是无疑地比《浮士德》强，但是它们的价值高低决不能和叫人流泪的可能成正比例。英国诗人华兹华斯在一首诗里说过："最微小的花对于我可以引起不能用泪表达得出的那么深的思致。"用泪表达得出的思致和情感原来不是最深的，文学里面原来还有超过叫人流泪的境界。

最后，读文学作品何以就至于流泪，也很值得研究。你是为文学作品而流泪，还是为它所写的悲惨情境而流泪呢？换句话说，你的泪是艺术欣赏者的欢欣的泪，还是实际人对于实际悲痛的"同情之泪"呢？一般人读文学作品而流泪大半是后一种。他们生性爱感伤，文学让他们过一会儿瘾，他们所得的快感正犹如抽烟打吗啡针所给的快感一样，根本算不得美感。作者要产生这种快感也并非难事，在作品里多放些引起悲痛的刺激剂就行了。

眼泪是容易淌的，创造作品和欣赏作品却是难事，我想，作者们少流一些眼泪，或许可以多写一些真正伟大的作品，读者们少流一些眼泪，也或许可以多欣赏一些真正伟大的作品。

（载《大众知识》第 1 卷第 7 期，1937 年 1 月）

诗的意象与情趣

诗起于在沉静中回味过来的情绪。

诗是心感于物的结果。有见于物为意象，有感于心为情趣。非此意象不能生此情趣，有此意象就必生此情趣。诗的境界是一个情景交融的境界。这交融并不是偶然的，天生自在的，它必须经过思想或心灵的综合。在希腊文中“诗”的字义为“制作”，诗都要“作”，而这“作”是思想的运用。

人类思想大约可分为两个类型：一是艺术型的思想，运用具体的意象；一是科学型的思想，运用抽象的概念。意象是个别事物在心中所印下的图影，概念是同类许多事物在理解中所见出的共同性。比如说“树”字可以令人想到某一棵特别的树的形象，那就是树的意象，也可以令人想到一般叫做“树”的植物，泛指而非特指，这就是树的意义或概念。人类思想演进的程序是先意象而后概念。原始民族和婴儿运用思想多着重实事实物的图影，开化民族和成人运用思想才着重凡事凡物的关系条理。我们想到“重”，原始民族想到山石；我们想到“慈爱”，原始民族想到“鸟哺雏”。这恰巧也就是情与理的分别：意象容易引生情感，概念容易引生理解。诗与科学的不同也就在此。科学推求普遍的真理，以概念为基础；诗创造个别的意境，以意象为基础。科学是推理，是理解的事；诗是想象，

垂柳

1919

克劳德·莫奈

垂柳

克劳德·莫奈
1918—1919

是情感的事。

意象容易引生情感，却也不一定就能引生情感。举头向外一望，我看见房屋、树木、道路、人马等等，在我心中都印下意象，可是，我对它们漠然无动于衷，它们没有感动我，对我可有可无，我不加留恋，它们就没有成为诗的境界。但是，这些寻常事物的意象也可能触动我的某一种心情，使我觉到在其他境界不能觉到的喜悦或惆怅，使我不得不在它上面流连玩索。如果我把那依稀隐隐约约的情与景的配合加以意匠经营，使它具体化、明朗化，并且凝定于语言，那就成为诗了。杂乱的、空洞的意象的起伏只是“幻想”（fancy），完整的意象与完整的情趣融贯成为一体，那才是“诗的想象”（poetic imagination）。诗是一个完整的生命，其中，血不能离肉，形不能离体，为了了解的方便，我们加以分析，才显见出意象情趣和语文三个不可分割而却可分别的要素。我们姑且随意举一首短诗为例来说明，比如李白的《玉阶怨》：“玉阶生白露，夜久侵罗袜，却下水晶帘，玲珑望秋月。”在这首诗里，我们一眼就看到的是语文——四句五言。这二十字有音有义。就音说，它有一种整齐的格律，声与韵组成一种和谐的音乐，念起来顺口，听起来悦耳。如果细加玩索，这音乐也很适合于诗所要表现的情调。就义说，它写出一些具体事物的意象，如“玉阶”、“白露”之类。这些意象可以个别的用感官知觉去领会。温度感在这首诗中最显著，多数意象都令人觉得“清冷”。其次是视觉，玉阶、白露、水晶帘、秋月等都有看得见的形状色彩。“生”、“侵”、“下”、“望”四个动词可以起筋肉运动感觉。“生白露”与“下水精帘”还可能有听得见的声音。不过乱杂拼凑的意象不能成诗。这里的许多意象是都朝着一个总效果生发，它们融成一体，形成一个完整的境界，可以看成一幅画或一幕戏。这戏里分明有一个主角，一个孤单的女子；一幕颇豪华的背景，铺着玉阶挂着水晶帘的房屋；一种很冷清的气氛，白露、深夜、水晶、秋月；一段很生动的剧情，一个孤单女子怀人不寐，在玉帘上徘徊到深夜，等到白露湿了罗袜，寒冷难禁，才放下水晶帘，进房了仍不肯睡，一个人在望那玲珑的秋月。如果我们朝她那内心一看，那里的剧情还更紧张热闹。幕后显然还有一位未出台的男子，她和他在过去还有一段耐人猜想的姻缘，于今情形改变了，反正他已去了，留下她一个人在那里重温旧日的记忆，感伤今日的凄凉，怅惘来日的离合，而白露、秋月又那么清寒得可爱。这一切形成一个生动的境界，一个完整的意象。我们如果不能把情景看得一目了然，就无人了解这首诗；可是如果只把它看得一目了然而无动于衷，有它不足喜，无它不足惜，那也就还没有了解这首诗的深微。诗人本要借这完整的意象传出他称为“玉阶怨”的那种情感，我们必须了解这“怨”的意味，才能了解这首诗。情感不是纯然可凭理智了解的。“了解”情感势必“感受”情感。我们必须设身处地，体物入微，在霎时中丢开自我，变成诗所写的那位孤单女子，亲领身受她的心境的曲折起伏，和她过同样的内心生活。凡是诗的了解都必须是“同情的了解”（sympathetic understanding），不同情决无从了解，了同情的了解，诗的目的与功用才算达到。

这里，意象与情趣的关系如何呢？严格地说，它们并不是两回事，意象中就寓有情趣，情趣就表现于意象。比如这首诗题的“玉阶怨”而全诗却不着一“怨”字，但是句句都在写怨。凡是表示（非表现）情绪的字样，如“悲”、“喜”、“爱”、“怨”、“兴奋”、“惆怅”之类，都很抽象而空洞。比如说“喜”，你向人说“我喜欢”，人只能用理智了解这句话的意义，那还只是一个抽象的概念。喜的情境不同，喜的滋味也就不同。

从前人有一首状“喜”的打油诗：“久旱逢甘雨，他乡遇故知，洞房花烛夜，金榜题名时。”虽不是好诗，却可说明这个道理。你只说你喜欢，而没有说出你为何喜欢，以及如何喜欢那个具体的情境，人不知道那是“久旱逢甘雨”的喜还是“他乡遇故知”的喜，他就茫然无凭，不能起同情的了解。我说这首诗也还不是好诗。因为四句各言一境，随便拼凑，不能看成一个完整的意象。而且每句只是一个标题，“如何喜”还是没有写出来，诗中看不出写诗人的性格，所以仍是空洞的。像杜甫的《闻官军收河南河北》：“剑外忽传收蓟北，初闻涕泪满衣裳。却看妻子愁何在？漫卷诗书喜欲狂。白日放歌须纵酒，青春作伴好还乡。即从巴峡穿巫峡，便下襄阳向洛阳。”写离乱时人忽闻乱定准备还乡，整个的具体情境活跃如在目前，才是表现喜的好诗，才能引起同情的了解。

诗以具体的意象表现具体的情趣。具体的意象必是一个活跃的情境，使人置身其中，便自然而然地要发生那种具体的情趣。造出一个情境来打动情趣，道理有如行为派心理学家所谓“条件造成的反射”（conditioned reflex）。呵着痒处（条件），自然感觉到痒（反射）。“譬如饮水，冷暖自知。”空谈冷暖而不叫人亲自饮水，他所了解的就不是饮某水的某种特殊风味的冷暖。诗不告诉人冷暖，而只请人饮水去自知冷暖。情趣譬如冷暖，饮水譬如观照意象。

生命生生不息。希腊哲人有“抽足急流，再插足已非前水”的妙喻。每首诗所写的境界与情趣唯其是活的、具体的，所以是特殊的，“只此一遭的”（unique）。世间有不少女子因为孤独而生愁怨，可是各有历史背景，各有怀抱，愁怨不能完全相同。《玉阶怨》是只有李白所写的那二十个字所能写出的那一种怨。换一个情境，换一个说法，意味就完全变过。从此

持伞的苏珊

克劳德·莫奈

1886

法国巴黎奥塞美术馆

可知诗不但不能翻译，而且不能用另一套语言去解释。诗本身就是它的唯一的最恰当的解释。翻译或改作，如果仍是诗，也必另是一首诗，不能代替原作。

诗是一种对于生活的体验与玩索。无情趣（这就无异于说无生活）不能有诗，有情绪者却也不一定就有诗。许多人自以为有“诗意”，只欠一副表现的本领。其实那“诗意”还是一种幻觉，至多也只是一种依稀隐约的萌芽。要它真正成为诗，必定要经过意匠经营使它明朗化。这明朗化就是具体的情趣见于具体的意象。英国诗人华兹华斯（Wordsworth）说得好，诗起于“由于沉静中回味起的情绪”（emotions recollected in tranquillity）。感受情绪是实际人生的事，回味情绪才是艺术的事。感受是能入，回味是能出。由感受到回味是由自我的地位跳到旁观者的地位，由热烈的震动变为冷静的观照。在这回味之际，情绪就已连发生情绪的境界在一起想，就多少已化为意象。就在这回忆中，那情绪与境界的浑整体经过熔化和洗练，由依稀隐约而化为明朗确定。所以这回味就是批评家所谓“创造的想象”。

如果我们把原来感受的那种生糙自然的情绪叫做第一度情绪，回味起来的情绪叫做第二度情绪。它们的分别可以这样判定：第一度情绪如洪水行潦拖泥带水，第二度情绪如秋潭积水澄清见底；第一度情绪有悲喜两极端中各种程度的快感与不快感，第二度情绪悲喜相反者同为欣赏的对象；第一度情绪起于具体的情境而那具体的情境却不能反映于意识，意识全被情绪垄断住了，第二度情绪连着它所由起的具体的情境同时很明确地反映于意识，是一个情景交融的境界。总之，第一度情绪是人生，是自然；第二度情绪是想象，是艺术。艺术凭借自然，却也超脱自然。它是根据自然而另外建立的一个意象世界（ideal world）。就有所凭借而言，它是写实的；就另有所建立而言，它是理想的，超现实的。它是人生的反映，也是人生的弥补。

一般人有情趣而无诗，原因在有自然而无艺术。有感受而无回味，能入而不能出。情绪离着意象而孤立空悬。一切诗都必须经过感受阶段，在“自我”中渗透一番；一切诗也都必须经过回味阶段，跳出“自我”的圈套，得到一个可观照的意象。所以一切诗都必同时是主观的与客观的。纯然主观的诗与纯然客观的诗于理都不能存在。物与我固然有一个分别，诗或是写亲身感受的，或是写观照于物的。一般人把前者称为主观的，后者称为客观的。其实写主观的经验必须能出，写客观的经验必须能入。一则化主为客，一则化客为主，同是相反者的同一。比如班婕妤写《怨歌行》是写自己，可是她是“痛定思痛”，把自己的身世当做一部戏去看，才看出她自己恰像秋风中的纨扇，这纨扇的意象就表现出她的情绪。李白写《玉阶怨》是写旁人，可是他也必须在想象中亲领身受那孤单女子的心情，才明白她的“怨”是起于那么一个情境，有那么一种风味。

尼采讨论希腊悲剧，说它起于阿波罗（日神，象征静观）与狄俄倪索斯（酒神，象征生命的变动）两种精神的会合。这两种精神完全相反，而希腊人能把它们融会于悲剧，使变动的生命变为幽美的形象，就在这形象中解脱生命的苦恼。尼采以为这是希腊智慧的最高的成就。其实不但在悲剧，在一切诗也是如此，情绪是动的、主观的、感受的、狄俄倪索斯的，意象是静的、客观的、回味的、阿波罗的。这两种相反精神同一，于是才有诗。只有狄俄倪索斯的不住地变动（生命）还不够，这变动必须投影于阿波罗的明镜（观照），才现形象。所以诗神毕竟是阿波罗。

音乐与教育

音乐由感动至感化，
因为它的和谐浸润到整个身心，
成为固定的模型，
习惯成为自然，
身心的活动也就处处不违背和谐的原则。

柏拉图写过一个长篇对话，叫做《理想国》，讨论理想的政治和教育。他知道要一个国家的政治合于理想，先要使它的教育合于理想，所以他费了大半篇幅谈理想国的统治阶级应该受什么样一种训练。他所定的课程异常简单。一个人在二十岁以前只消有两种教育工具：一是体操，一是音乐。至于我们现在的学校里许多功课，像史地、理化、数学、社会科学、哲学、外国文之类，他或是完全不讲，或是摆在二十岁以后的课程里。他的教育主张，在现代人看来，像很奇怪。可是如果你丢开成见，细心去想一想，你也许会佩服希腊人的思想，和他们的艺术一样，简单虽然简单，深刻却是深刻。体操讲究好了，身体可以健全；音乐讲究好了，心灵可以和谐。身心两方面都达到理想的状态，还愁有什么学不好或是做不好？身心是基本，我们近代人士基本不注意，只在一些肤浅的知识上做功夫，反自以为聪明。许多祸害似都由此起，我们急需回头猛醒。

音乐是一种最原始最普遍的艺术。飞禽走兽大半都欢喜歌唱，在歌唱中，它们表现生命的富裕和欢乐，同时，它们借歌舞把在生活中所领略得的乐趣传给同类，引起交感共鸣。歌唱在一般动物社会中是一种团结的原动力，它们没有文化传统和制度组织，但是它们一呼百应，一唱百和，全靠这一点声音上的感通。人类在原始阶段也还保持着这本能的音乐嗜好。没有一个原始民族不欢喜歌舞，小孩在个人生命史上相当于原始民族在种族生命史上，欢喜歌舞仍然是天性。人类到了开化以后，小孩到了成年以后，往往逐渐丧失音乐的嗜好，高兴时不放着嗓子唱一曲歌，颓唐时也不拿一种乐器来弹奏一番，哀乐全闷在心里，而且一个人关起来纳闷，生气因之萧索，同情也因之冷淡。这是一个极严重的损失，而且是违反自然本性的。对于这种现象的造成，教育家们要负一大部分责任，他们丢开了人类一个最强烈的本能，一个最有力的教育工具，不去利用。假如他们知道利用，音乐的力量要超出任何学问训练之上。

何以故呢？音乐不仅是最原始最普遍的艺术，而且是最完美的艺术，可以普及深入一般民众，从根本上陶冶人的性格。在其他艺术，实质与形式多少可以分别出来，了解实质与了解形式可以分为两事；音乐却完全融化实质与形式的分别，实质即形式，形式亦即实质，内外一致，天衣无缝。所以音乐达到了艺术的最高理想。如果美育是教育中一项要目，美育的最好工具就应该是音乐。音乐虽是顶完美的，却不能算是最困难的艺术。叔本华说得最清楚，一般艺术都需借意象来表现，例如文学所用的语文意义，图画所用的形色光影；音乐则为意志的直接外射，用不着凭借意象。所以了解其他艺术，我们需假道于理智，比如说，不懂得语文意义，就无从了

两个舞者

埃德加·德加

1900

法国伍珀塔尔海德博物馆

三个舞者

埃德加·德加

1895–1898

私人收藏

解文学；音乐则表现最直接，感动也最直接，我们接受声音的刺激，生理上马上就起反响，用不着理智的分析。中国人不一定能了解外国的文学，但是多少可以受外国音乐的感动，因为没有语文的障碍。小孩子和乡下文盲尽管不能读书明理，也多少可以欣赏成年人和音乐家的唱歌奏乐，因为没有知识经验的障碍。音乐是纯从感官打动人心的，耳里听到，心里就起哀乐共鸣。这件事实可以解释音乐的普及性，也可以解释它的深入性。如果要教育的力量普及而又深入，舍音乐还有什么其他途径呢?

音乐对于人生至少有三重大功用。

第一是表现。情感思想都需要发扬宣泄。我们都知道在欢喜时大笑一场，在悲哀时痛哭一场，是一件畅快事。严守一个秘密，心里才感觉不舒服，尤其是感情不能压抑，压抑便引起冲突和苦痛。依近代心理学看，许多精神病都是情感不得宣泄的结果。表现在生气的洋溢。一个人或一个民族到了不需要艺术的表现时，那只有两种可能：一是生气萎竭；一是生气受不了自然的歪曲，向不正常不健康的路途发泄。所以给生气以正常的康健的表现，也就是培养生气。音乐的表现是最正常的康健的表现，因为它是人类的普遍的嗜好。而同时它的命脉在和谐。亚里士多德在《政治学》里谈到古希腊人用一种音乐医精神病。有一种癫狂病，医治的主法是叫病人听一种音乐，听了几回他的情感上的脓疱化消了，病就自然好。亚里士多德把音乐的这种功能叫做 katharsis，这字含有“发散”和“净化”两个意义。音乐对于人的情感不仅能“发散”而且能“净化”，就因为它本身是和谐，对于人的心灵自然能产生和谐的影响。我们有听音乐经验的人都知道在凝神静听之后，全体筋肉脉搏都经过一番和谐的震荡，心灵仿佛在困倦之后洗过一回澡，汗垢尽去，血液畅通，有心旷神怡之乐。如果我们不仅是欣赏，自己能歌唱弹奏，除了这种生气洋溢的乐趣以外，我们还可以得到人生最大的快慰，成就一种作品的感觉。我们创造了一个可欣赏的世界，替人类开辟了一种愉悦的泉源，意识到这种力量，就如同创世主在第七天的神情。人能多尝这种创造的快感，人生便显得华严，而人的品格也就自然会高贵。

其次是感动。音乐直接打动感官，引起生理的反应，所以感人最普及而深入。这道理在上文已说过。中西神话和历史上都有不少的关于音乐感动力的传说。城市有借音乐造成的，也有借音乐毁倒的；胜仗有用音乐打来的，重围有用音乐解去的；美人有借音乐取得的；深交有因音乐结成的；名著有从音乐引起思致的；至道有借音乐证成的。瓠巴鼓琴，游鱼出听；据近代生理学家的实验，对牛弹琴，也并非毫无影响。人类情感有许多花样，每种花样在脉搏呼吸和筋肉运动上都有一个特殊的节奏，特殊的模型。音乐的抑扬顿挫，长短急舒，往往与这种节奏和模型相称。某一种乐调在生理上激起某一种节奏和模型，就引起某一种情调。所以在听音乐时，实在有两种乐调在进行。一是外在的，耳朵听的；一是内在的，听者身体在无意中所表演的。人类生理构造大致相同，所以一个乐调可以在无数听者的心弦上引起交感共鸣。音乐是极强烈的同情媒介，也就因为这个缘故。我们如果想尝广大同情的味道，最好在稠人广众中听音乐。乐声作时，全体听众屏息肃然静听，无论尊卑老幼，乐就都乐，哀就都哀，霎时间不独人我之见泯除净尽，即传统习俗所积累成的层层枷锁也一齐丢开，我们在霎时间回到自由的原始人，沉没到浑然一体的大我。音乐使我们畅快，四围许多人都同时在分享我的感觉，意识到这一点，我们更加畅快。这里没有分别界线，没有恩仇迎拒，我们同是一个阳光煦育的兄弟姊妹，我们皆大欢喜。要群众团结一气，最有效的媒介只有音乐。

第三是感化。感动是暂时的，感化是久远的。音乐由感动至感化，因为它的和谐浸润到整个身心，成为固定的模型（pattern），习惯成为自然，身心的活动也就处处不违背和谐的原则。内心和谐，则一切不和谐的卑鄙龌龊的念头自无从发生，表现于行为的也自从容中节。中国先儒以礼乐立教，就为明白了这个道理。乐的精神在和谐，礼的精神在秩序，这两者中间，乐更是根本的，因为内和谐外自然有秩序，没有和谐做基础的秩序就成了呆板形式，没有灵魂的躯壳。内心和谐而生活有秩序，一个人修养到这个境界，就不会有疵可指了。谈到究竟，德育需从美育上做起。道德必由真性情的流露，美育怡情养性，使性情的和谐流露为行为的端正，是从根本上做起。唯有这种修养的结果，善与美才能一致。明白这个道理，我们就会明白孔子谈政教何以那样重诗乐。诗与乐原来是一回事，一切艺术精神原来也都与诗乐相通。孔子提倡诗乐，犹如近代人提倡美育。他说："诗可以兴，可以观，可以群，可以怨。"又说："温柔敦厚，诗教也。"都是看到了诗乐对于情感教育的重要。他不但把诗乐认为教育的基础，而且把它们认为政治的基础，实在政教是不能分离的，世间安有无教之政呢？近代人舍教而言政，只见得他们愚昧。"颜渊问为邦。子曰，乐则韶舞，放郑声，远佞人。"远佞人还在放郑声之次，我们现在只知道厌恶佞人，其实还有比这更重要的事务——音乐教育。音乐教育上了轨道，佞人也许就不会存在，而政治也不会不修明了。

一个民族的性格常表现于音乐，最显著的是中西音乐的分别。西方音乐偏于阳刚，使听者发扬蹈厉；中国音乐偏于阴柔，使听者沉潜肃穆。这各有所长，我们用不着偏袒。我们所最忧虑的是我国一般民众，尤其是士大夫阶级，大半没有真正的音乐的嗜好。这似乎表现了民族精神的衰落。我个人认为人心的污浊与社会的腐败都种根于此。我每想起柏拉图的教育主张，就深深感觉到我国目前教育需有一个彻底的改革。我们必须普及音乐教育，尤其是要把国乐本身大加一番整理洗刷。这不是宣传可以了事。但是制礼作乐是盛业也是美名，容易被宣传者当做一种口号呐喊了事。这是我草此文时心里所栗栗危惧的。大家需拿出一副极严肃的态度来应付这问题，前途才有希望。

站 | 在 | 后 | 台 | 看 | 人 | 生

CHAPTER 5

凡是不能持冷静的客观的态度的人，毛病都在把“我”看得太大。
他们从“我”这一副着色的望远镜里看世界，
一切事物于是都失去它们本来的面目。

谈人生与我

把自己摆在前台，和世界一切人和物在一块玩把戏；或者摆在后台，袖手看旁人在那儿装腔作势。

朋友：

我写了许多信，还没有郑重其事地谈到人生问题，这是一则因为这个问题实在谈滥了，一则也因为我看这个问题并不如一般人看得那样重要。在这最后一封信里我所以提出这个滥题来讨论者，并不是要说出什么一番大道理，不过把我自己平时几种对于人生的态度随便拿来做一次谈料。

我有两种看待人生的方法。在第一种方法里，我把我自己摆在前台，和世界一切人和物在一块玩把戏；在第二种方法里，我把我自己摆在后台，袖手看旁人在那儿装腔作势。

站在前台时，我把我自己看得和旁人一样，不但和旁人一样，并且和鸟兽虫鱼诸物也都一样。人类比其他物类痛苦，就因为人类把自己看得比其他物类重要。人类中有一部分人比其余的人苦痛，就因为这一部分人把自己比其余的人看得重要。比方穿衣吃饭是多么简单的事，然而在这个世界里居然成为一个极重要的问题，就因为有一部分人要亏人自肥。再比方生死，这又是多么简单的事，无量数人和无量数物都已生过来死过去了。一个小虫让车轮压死了，或者一朵鲜花让狂风吹落了，在虫和花自己都决不值得计较或留恋，而在人类则生老病死以后偏要加上一个苦字。这无非是因为人们希望造物主宰待他们自己应该比草木虫鱼特别优厚。

因为如此着想，我把自己看作草木虫鱼的侪辈，草木虫鱼在和风甘露中是那样活着，在炎暑寒冬中也还是那样活着。像庄子所说，它们“诱然皆生，而不知其所以生；同焉皆得，而不知其所以得”。它们时而戾天跃渊，欣欣向荣，时而含葩敛翅，晏然蛰处，都顺着自然所赋予的那一副本性。它们决不计较生活应该是如何，决不追究生活是为着什么，也决不埋怨上天待它们特薄，把它们供人类宰割凌虐。在它们说，生活自身就是方法，生活自身也就是目的。

从草木虫鱼的生活，我觉得一个经验。我不在生活以外别求生活方法，不在生活以外别求生活目的。世间少我一个，多我一个，或者我时而幸运，时而受灾祸侵逼，我以为这都无伤天地之和。你如果问我，人们应该如何生活才好呢？我说，就顺着自然所给的本性生活着，像草木虫鱼一样。你如果问我，人们生活在这幻变无常的世相中究竟为着什么？我说，生活就是为着生活，别无其他目的。你如果向我埋怨天公说，人生是多么苦恼呵！我说，人们并非生在这个世界来享幸福的，所以那并不算奇怪。

这并不是一种颓废的人生观。你如果说我的话带有颓废的色彩，我请你在春天到百花齐放的园子里去，看看蝴蝶飞，听听鸟儿鸣，然后再回到

虾

齐白石

十字街头，仔细瞧瞧人们的面孔，你看谁是活泼，谁是颓废？请你在冬天积雪凝寒的时候，看看雪压的松树，看看站在冰上的鸥和游在水中的鱼，然后再回头看看遇苦便叫的那“万物之灵”，你以为谁比较能耐苦持恒呢？

我拿人比禽兽，有人也许目为异端邪说。其实我如果要援引“经典”，称道孔孟以辩护我的见解，也并不是难事。孔子所谓“知命”，孟子所谓“尽性”，庄子所谓“齐物”，宋儒所谓“廓然大公，物来顺应”，和古希腊廊下派哲学，我都可以引申成一篇经义文，做我的护身符。然而我觉得这大可不必。我虽不把自己比旁人看得重要，我也不把自己看得比旁人分外低能，如果我的理由是理由，就不用仗先圣先贤的声威。

以上是我站在前台对于人生的态度。但是我平时很欢喜站在后台看人生。许多人把人生看作只有善恶分别的，所以他们的态度不是留恋，就是厌恶。我站在后台时把人和物也一律看待，我看西施、嫫母、秦桧、岳飞也和我看八哥、鹦鹉、甘草、黄连一样，我看匠人盖屋也和我看鸟鹊营巢、蚂蚁打洞一样，我看战争也和我看斗鸡一样，我看恋爱也和我看雄蜻蜓追雌蜻蜓一样。因此，是非善恶对我都无意义，我只觉得对着这些纷纭扰攘的人和物，好比看图画，好比看小说，件件都很有趣味。

这些有趣味的人和物之中自然也有一个分别。有些有趣味，是因为它们带有很浓厚的喜剧成分；有些有趣味，是因为它们带有很深刻的悲剧成分。

我有时看到人生的喜剧。前天遇见一个小外交官，他的上下巴都光光如也，和人说话时却常常用大拇指和食指在腮旁捻一捻，像有胡须似的。

他们说这是官气，我看到这种举动比看诙谐画还更有趣味。许多年前一位同事常常很气愤地向人说："如果我是一个女子，我至少已接得一尺厚的求婚书了！"偏偏他不是女子，这已经是喜剧；何况他又麻又丑，纵然他幸而为女子，也决不会有求婚书的麻烦，而他却以此沾沾自喜，这总算得喜剧之喜剧了。这件事和英国文学家哥尔德斯密斯的一段逸事一样有趣。他有一次陪几个女子在荷兰某一个桥上散步，看见桥上行人个个都注意他同行的女子，而没有一个睬他自己，便板起面孔很气愤地说："哼，在别地方也有人这样看我咧！"如此等类的事，我天天都见得着。在闲静寂寞的时候，我把这一类的小小事件从记忆中召回来，寻思玩味，觉得比抽烟饮茶还更有味。老实说，假如这个世界中没有曹雪芹所描写的刘姥姥，没有吴敬梓所描写的严贡生，没有莫里哀所描写的达尔杜弗和阿尔巴贡，生命更不值得留恋了。我感谢刘姥姥、严贡生一流人物，更甚于我感谢钱塘的潮和匡庐的瀑。

其次，人生的悲剧尤其能使我惊心动魄。许多人因为人生多悲剧而悲观厌世，我却以为人生有价值正因其有悲剧。我在几年前做的《无言之美》里曾说明这个道理，现在引一段来：

我们所居的世界是最完美的，就因为它是最不完美的。这话表面看去，不通已极。但是实含有至理。假如世界是完美的，人类所过的生活——比好一点，是神仙的生活；比坏一点，就是猪的生活——便呆板单调已极，因为倘若件件事都尽美尽善了，自然没有希望发生，更没有努力奋斗的必要。人生最可乐的就是活动所生的感觉，就是奋斗成功而得的快慰。世界既完美，我们如何能尝创造成功的快慰？这个世界之所以美满，就在有缺陷，就在有希望的机会，有想象的田地。换句话说，世界有缺陷，可能性才大。

这个道理李石岑先生在《一般》三卷三号所发表的《缺陷论》里也说得很透辟。悲剧也就是人生一种缺陷。它好比洪涛巨浪，令人在平凡中见出庄严，在黑暗中见出光彩。假如荆轲真正刺中秦始皇，林黛玉真正嫁了贾宝玉，也不过闹个平凡收场，哪得叫千载以后的人唏嘘赞叹？以李太白那样天才，偏要和江淹戏弄笔墨，做了一篇《反恨赋》，和《上韩荆州书》一样庸俗无味。毛声山评《琵琶记》，说他有意要做“补天石”传奇十种，把古今几件悲剧都改个快活收场，他没有实行，总算是一件幸事。人生本来要有悲剧才能算人生，你偏想把它一笔勾销，不说你勾销不去，就是勾销去了，人生反更索然寡趣。所以我无论站在前台或站在后台时，对于失败，对于罪孽，对于殃咎，都是一副冷眼看待，都是用一个热心惊赞。

朋友，我感谢你费去宝贵的时光读我的这十二封信，如果你不厌倦，将来我也许常常和你通信闲谈，现在让我暂时告别吧！

你的朋友 孟实

谈十字街头

一种社会所最可怕的不是民众肤浅顽劣，
因为民众通常都是肤浅顽劣的。
它所最可怕的是没有在肤浅卑劣的环境中而能不肤浅不卑劣的人。

朋友：

岁暮天寒，得暇便围炉嘘烟遐想。今日偶然想到日本厨川白村的《出了象牙之塔》和《走向十字街头》两部书，觉得命名大可玩味。玩味之余，不觉发生一种反感。

所谓《走向十字街头》有两种解释。从前学士大夫好以清高名贵相尚，所以力求与世绝缘，冥心孤往。但是闭户读书的成就总难免空疏虚伪。近代哲学与文艺都逐渐趋向写实，于是大家都极力提倡与现实生活接触。世传苏格拉底把哲学从天上搬到地下，这是“走向十字街头”的一种意义。

学术思想是天下公物，须得流布人间，以求雅俗共赏。威廉·莫里斯和托尔斯泰所主张的艺术民众化，叔琴先生在《一般》诞生号中所主张的特殊的一般化，爱迪生所谓把哲学从课室图书馆搬到茶寮客座，这是“走向十字街头”的另一意义。

这两种意义都含有极大的真理。可是在这“德谟克拉西”呼声极高的时代，大家总不免忘记关于十字街头的另一面真理。

播种者

文森特·梵高

1888

瑞士苏黎世比尔勒基金会收藏馆

夕阳下的播种者

文森特·梵高

1888

荷兰库拉·穆勒梵高美术馆

十字街头的空气中究竟含有许多腐败剂，学术思想出了象牙之塔到了十字街头以后，一般化的结果常不免流为俗化(vulgarized)。昨日的殉道者，今日或成为市场偶像，而真纯面目便不免因之污损了。到了市场而不成为偶像，成偶像而不至于破落，都是很难的事。老庄经过流俗化以后，其结果乃为白云观以静坐骗铜子的道士。易学经过流俗化以后，其结果乃为街头摆摊卖卜的江湖客。佛学经过流俗化以后，其结果乃为祈财求子的三姑六婆和秃头肥脑的蠢和尚。这都是世人所共见周知的。不必远说，且看西方科学哲学和文学落到时下一般打学者冒牌的人手里，弄得成何体统！

寂居文艺之宫，固然会像不流通的清水，终究要变成污浊恶臭的。可是十字街头的叫嚣，十字街头的尘粪，十字街头的挤眉弄眼，都处处引诱你汩没自我。臣门如市，臣心就决不能如水。名利声势虚伪刻薄肤浅欺侮等字样，听起来多么刺耳朵，实际上谁能摆脱得净尽？所以站在十字街头的人们——尤其是你我们青年——要时时戒备十字街头的危险，要时时回首瞻顾象牙之塔。

十字街头上握有最大权威的是习俗。习俗有两种：一为传说(Tradition)，一为时尚(Fashion)。儒家的礼教，五芝斋的馄饨，是传说；新文化运动，四马路的新装，是时尚。传说尊旧，时尚趋新，新旧虽不同，而盲从附和，不假思索，则根本无二致。社会是专制的，是压迫的，是不容自我伸张的。比方九十九个人守贞节，你一个人偏要不贞，你固然是伤风败俗，大逆不道；可是如果九十九个人都是娼妓，你一个人偏要守贞节，你也会成为社会公敌，被人唾弃的。因此，苏格拉底所以饮鸩，伽利略所以被教会加罪，罗曼·罗兰、罗素所以在欧战期中被人谩骂。

本来风化习俗这件东西，孽虽造得不少，而为维持社会安宁计，却亦不能尽废。人与人相接触，问题就会发生。如果世界只有我，法律固为虚文，而道德也便无意义。人类须有法律道德维持，固足证其顽劣；然而人类既顽劣，道德法律也就不能勾销。所以老庄上德不德绝圣弃智的主张，理想虽高，而究不适于顽劣的人类社会。

习俗对于维持社会安宁，自有相当价值，我们是不能否认的。可是以维持安宁为社会唯一目的，则未免大错特错。习俗是守旧的，而社会则须时时翻新，才能增长滋大，所以习俗有时时打破的必要。人是一种贱动物，只好模仿因袭，不乐改革创造。所以维持固有的风化，用不着你费力。你让它去，世间自有一般庸人懒人去担心。可是要打破一种习俗，却不是一件易事。物理学上仿佛有一条定律说，凡物既静，不加力不动。而所加的力必比静物的惰力大，才能使它动。打破习俗，你须以一二人之力，抵抗千万人之惰力，所以非有雷霆万钧的力量不可。因此，习俗的背叛者比习俗的顺从者较为难能可贵，从历史看社会进化，都是靠着几个站在十字街头而能向十字街头宣战的人。这般人的报酬往往不是十字架，就是断头台。可是世间只有他们才是不朽，倘若世界没有他们这些殉道者，人类早已为乌烟瘴气闷死了。

一种社会所最可怕的不是民众肤浅顽劣，因为民众通常都是肤浅顽劣的。它所最可怕的是没有在肤浅卑劣的环境中而能不肤浅不卑劣的人。比方英国民众就是很沉滞顽劣的，然而在这种沉滞顽劣的社会中，偶尔跳出一二个性坚强的人，如雪莱、卡莱尔、罗素等，其特立独行的胆与识，却非其他民族所可多得。这是英国人力量所在的地方。路易·狄更生常批评日本，说它是一个没有柏拉图和亚里士多德的希腊，所以不能造伟大的境界。据生物学家说，物竞天择的结果不能产生新种，须经突变（sports）。所谓突变，是指不像同种的新裔。社会也是如此，它能否生长滋大，就看它有无突变式的分子，换句话说，就看十字街头的矮人群中有没有几个大汉。

说到这点，我不能不替我们中国人汗颜了。处人胯下的印度还有一位泰戈尔和一位甘地，而中国满街只是一些打冒牌的学者和打冒牌的社会运动家。强者皇然叫嚣，弱者随声附和，旧者盲从传说，新者盲从时尚，相习成风，每况愈下，而社会之浮浅顽劣虚伪酷毒，乃日不可收拾。在这个当儿，站在十字街头的我们青年怎能免彷徨失措？朋友，昔人临歧而哭，假如你看清你面前的险径，你会心寒胆裂哟！围着你的全是肤浅顽劣虚伪酷毒，你只有两种应付方法：你只有和它冲突，要不然，就和它妥洽。在现时这种状况之下，冲突就是烦恼，妥洽就是堕落。无论走哪一条路，结果都是悲剧。

但是，朋友，你我正不必因此颓丧！假如我们的力量够，冲突结果，也许是战胜。让我们相信世界达真理之路只有自由思想，让我们时时记着十字街头肤浅虚伪的传说和时尚都是真理路上的障碍，让我们本着少年的勇气把一切市场偶像打得粉碎！

最后，打破偶像，也并非鲁莽叫嚣所可了事。鲁莽叫嚣还是十字街头的特色，是肤浅卑劣的表征。我们要能于叫嚣扰攘中：以冷静态度，灼见世弊；以深沉思考，规划方略；以坚强意志，征服障碍。总而言之，我们要自由伸张自我，不要汩没在十字街头的影响里去。

朋友，让我们一齐努力吧！

你的朋友 孟实

谈摆脱

在看重一件事物时，他知道执着；在看轻一件事物时，他也知道摆脱。

朋友：

近来研究黑格尔（Hegel）讨论悲剧的文章，有时拿他的学说来印证实际生活，颇觉欣然有会意。许久没有写信给你，现在就拿这点道理作谈料。

黑格尔对于古今悲剧，最推尊希腊索福克勒斯（Sophocles）的《安提戈涅》（Antigone）。安提戈涅的哥哥因为争王位，借重敌国的兵攻击他自己的祖国忒拜，他在战场中被打死了。忒拜新王克瑞翁（Creon）悬令，如有人敢收葬他，便处死罪，因为他是一个国贼。安提戈涅很像中国的聂嫈，毅然不避死刑，把她哥哥的尸骨收葬了。安提戈涅又是和克瑞翁的儿子海蒙（Haemon）订过婚的，她被绞以后，海蒙痛恨她，也自杀了。

黑格尔以为凡悲剧都生于两理想的冲突，而安提戈涅是最好的实例。就克瑞翁说，做国王的职责和做父亲的职责相冲突。就安提戈涅说，做国民的职责和做妹妹的职责相冲突。就海蒙说，做儿子的职责和做情人的职责相冲突。因此冲突，故三方面结果都是悲剧。

黑格尔只是论文学，其实推广一点说，人生又何尝不是一种理想的冲突场？不过实在界和舞台有一点不同，舞台上的悲剧生于冲突之得解决，

安提戈涅

1855–1860

弗雷德里克·莱顿

忧愁

文森特·梵高

1882

英国沃尔李艺术画廊

而人生的悲剧则多生于冲突之不得解决。生命途程上的歧路尽管千差万别，而实际上只有一条路可走，有所取必有所舍，这是自然的道理。世间有许多人站在歧路上只徘徊顾虑，既不肯有所舍，便不能有所取。世间也有许多人既走上这一条路，又念念不忘那一条路。结果也不免差误时光。“鱼我所欲，熊掌亦我所欲，二者不可得兼，舍鱼而取熊掌可也。”有这样果决，悲剧绝不会发生。悲剧之发生就在既不肯舍鱼，又不肯舍熊掌，只在那儿垂涎打算盘。这个道理我可以举几个实例来说明。

“禾”是一个大学生，很好文学，而他那一班的功课有簿记，有法律，都是他所厌恶的。他每见到我便愁眉蹙额地说：“真是无聊！天天只是预备考试！天天只是读这些没有意味的课本！”我告诉他：“你既不欢喜那些东西，便把它们丢开就是了。”他说：“既然花了家里的钱进学堂，总得要勉强敷衍考试才是。”我说：“你要敷衍考试，就敷衍考试是了。”然而他天天嫌恶考试，天天又在那儿预备考试。

我有一个幼时的同学恋爱了一个女子。他的家庭极力阻止他。他每次来信都向我诉苦。我去信告诉他说：“你既然爱她，便毅然不顾一切去爱她就是了。”他又说：“家庭骨肉的恩爱就能够这样恝然置之吗？”我回复他说：“事既不能两全，你便应该趁早疏绝她。”但是他到现在还是犹豫不知所可，还是照旧叫苦。

“禹”也是一个旧相识。他在衙门里充当一个小差事。他很能做文章，家里虽不丰裕，也还不至于没有饭吃。衙门里案牍和他的脾胃不很合，而且妨碍他著述。他时常觉得他的生活没有意味，和我谈心时，不是说：“嗳，如果我不要就这个事，这本稿子久已写成了。”就是说：“这事简直不是人干的，我回家陪妻子吃糙米饭去了！”像这样的话我也不知道听他说过多少回数，但是他还是依旧风雨无阻地去应卯。

这些朋友的毛病都不在“见不到”而在“摆脱不开”。“摆脱不开”便是人生悲剧的起源。畏首畏尾，徘徊歧路，心境既多苦痛，而事业也不能成就。许多人的生命都是这样模模糊糊地过去的。要免除这种人生悲剧，第一须要“摆脱得开”。消极说是“摆脱得开”，积极说便是“提得起”，便是“抓得住”。认定一个目标，便专心致志地向那里走，其余一切都置之度外，这是成功的秘诀，也是免除烦恼的秘诀。现在姑且举几个实例来说明我所谓“摆脱得开”。

释迦牟尼当太子时，乘车出游，看到生老病死的苦状，便恍然解悟人生虚幻，把慈父娇妻爱子和王位一齐抛开，深夜遁入深山，静坐菩提树下，冥心默想解脱人类罪苦的方法。这是古今第一个知道摆脱的人。其次如苏格拉底，如耶稣，如屈原，如文天祥，为保持人格而从容就死，能摆脱开一般人所摆脱不开的生活欲，也很可以廉顽立懦。再其次如古希腊第欧根尼提倡克欲哲学，除一个饮水的杯子和一个盘坐的桶子以外，身旁别无长物，一日见童子用手捧水喝，他便把饮水的杯子也掷碎。犹太斯宾诺莎学说与犹太教义不合，犹太教徒行贿不遂，把他驱逐出籍，他以后便专靠磨镜过活。他在当时是欧洲第一个大哲学家，海得尔堡大学请他去当哲学教授，他说：“我还是磨我的镜子比较自由。”所以谢绝教授的位置。这是能为真理为学问摆脱一切的。卓文君逃开富家的安适，去陪司马相如当垆卖酒，是能为恋爱摆脱一切的。张翰在齐做大司马东曹掾，一天看见秋风乍起，想起吴中菰菜莼羹鲈鱼脍，立刻就弃官归里。陶渊明做彭泽令，不愿束带见督邮，向县吏说：“我岂能为五斗米折腰向乡里小儿！”立即解绶辞官。这是能摆脱禄位以行吾心所安的。英国小说家司各特早年颇致力于诗，后读拜伦著作，知道自己在诗的方面不能有大成就，便丢开音律专去做他的小说。这是能为某一种学问而摆脱开其他学问之引诱的。孟敏堕甑，不顾而去。郭林宗问他的缘故，他回答说：“甑已碎，顾之何益？”这是能摆脱过去失败的。

斯蒂文森论文，说文章之术在知遗漏（the art of omitting），其实不独文章如是，生活也要知所遗漏。我幼时，有一位最敬爱的国文教师看出我不知摆脱的毛病，常在我的课卷后面加这样的批语：“长枪短戟，用各不同，但精其一，已足制胜。汝才有偏向，姑发展其所长，不必广心博骛也。”十年以来，说了许多废话，看了许多废书，做了许多不中用的事，走了许多没有目标的路，多尝试，少成功，回忆师训，殊觉赧然，冷眼观察，世间像我这样暗中摸索的人正亦不少。大节固不用说，请问街头那纷纷群众忙的为什么？为什么天天做明知其无聊的工作，说明知其无聊的话，和明知其无聊的朋友假意周旋？在我看来，这都由于“摆脱不开”。因为人人都“摆脱不开”，所以生命便成了一幕最大的悲剧。

朋友，我写到这里，已超过寻常篇幅，把上面所写的翻看一过，觉得还没有把“摆脱”的道理说得透。我只谈到粗浅处，细微处让你自己暇时细心体会。

你的朋友 孟实

消除烦闷与超脱现实

人生快乐倘若想完备，
一定要保存一点孩子气。
孩儿气的好处就在有时使人偶尔把现实的重载卸在旁边，
让心灵偷点空儿休息，
好预备再出力。

王君光祈在本志《学生生活号》发表的《中国人之生活颠倒》那篇文章，把青年烦闷之最大原因，可算说得透辟极了。不过王君的娓娓动听的文笔很遮盖一些美中不足。人生各时期有各时期的嗜好，要有机会自由发展，免得斫丧生机。这话固然含有至理。但是假使吾人都能及时行乐，不至有“过时之感”，世间便可以没有烦闷苦恼吗？在王君的意见，欧洲人无论男女老幼都及时行乐，所以他们的生活最愉快。但是我们研究欧洲近代文学，似乎觉得欧洲人心窝里也还有许多忧愁愤懑。罗素到中国看见农夫走贩，和寺庙里罗汉菩萨一样，都满面带着笑容，以为中国人是最能快乐的一个民族，非欧洲人梦想所能及。从这点看起来，各人自己的苦乐，只有各人自己心里晓得。我们不能假定欧洲人没有过时之感，所以就没有烦闷；而推论到烦闷的原因完全由于过时之感，只要及时行乐，便不会有烦闷。

理想上可然的事情，没有限制，事实上竟然的事情，就要受环境的因果律支配。欲望跟着理想走，是一件随时伸缩不可餍足的东西，背着太阳走路，影子比身子总要前一步。欲望和行乐的关系，也很像影子和身子。你今天及时行乐吗？你的欲望已跑前一步了。假使明天有机会餍足今天的欲望，后天又有机会餍足明天的欲望，如此辗转下去，有求必应；那么，烦闷自无从发生，王君的原理，自然可以成天经地义。但是世事不尽由人算。实际上我们许多的梦想，到底都石沉云散归于乌有。欲望不餍足，就是失望的代名词，失望又可以说是烦闷的代名词。那么，因为乐到这步田地，望到那步田地，失望便烦闷，我们可以说，今天行乐便种下明天烦闷的种子。这样凭空说话，人家或者要骂我玄之又玄。现在说一个具体的例子。吃早饭没中饭的穷措大，看见别人食前方丈，便以为到了这步田地，就尽了人生之乐事了。但是他既然狂饮大嚼，看见坐高车驱驷马的人，又想那个人何等阔绰！他自己还没有尝过这种滋味咧！不多会儿，他有马车坐了，又想没有一个很亲爱的很美貌的妻子，人生究竟还没有真正的乐趣。好了，他现在有了妻子了。伉俪问遐情逸致，南面王也不能易其乐呀！可是过了几年，姣且好者变成老而丑了。他又想：嗳！这究竟还不是我的理想的至乐。以前希望一件就有一件，尚不免有些儿无聊赖。倘若希望这件，得不了这件，希望那件，得不了那件，生活不更加干燥无味，不更加惹人烦闷吗？实际上失望比得意似乎较普通一点。照我们的理想，世界应该不仅是如此如此。然而现实偏偏不由人算，走他自己的路。感情冷淡的人对于这般情景，还不觉得什么无可奈何，至多不过叹口气说，“天实为之，于人何尤”！于是就是这样了事。可是在富于感情的人看他们亲爱的梦想都不能实现，便有些儿不服气。现实比冰还冷，比铁还硬，哪管你服气不服气哟？现实越发不如人期望，人生就越发干燥无味。于是失望、丧气、悲观厌世……都蜂拥而来了。总而言之，烦闷生于不能调和理想和现实的冲突。

摩西

米开朗基罗

1515

意大利罗马圣彼得镣铐教堂

少年气盛的人总说“什么烦闷呀，什么调和理想与现实的冲突呀，都是懦夫口里说的话。因为社会黑暗，环境困难，我们才不虚生。不然，我们生在世间就专为过太平日子吗？别的人尽管烦闷，我呢，决不屑失望和悲观。我以为人生任务只有奋斗，奋斗到征服环境为止”。我也是极端主张和环境奋斗的一个小卒，可是我同时也相信环境是极不容易征服的。

你看这一阵和环境奋斗过的人！他们面目上毫没有温热气和闪烁的光彩了。或者他们的头脑中也不复有什么高尚的意志和坚强的决心了罢！殷仲堪有一天在园里看见一棵枯树，便深深叹一口气说：“此树婆娑，生意尽矣！物犹如此，人何以堪？”看见没生气的冷冰的行尸走肉，什么不叫人做同样的感想！但是，我们如何能瞧他们不起。十年前他们也和你和我一样，也很兴会淋漓地用热心毅力去干事，也很有百折不挠的气概咧，不过现在环境把他们征服了罢了。

你再看这一阵和环境奋斗过的人！他们看见世事一天坏似一天，心里虽然不服气，可是心力俱瘁无可如何。个个人都在那边愁着眉毛叹气。这个人说：“神州莽莽，阴霾四布。流离浩劫，人间何世！”那个人说：“皇皇大陆，吾人将于何处觅一片干净土耶！”这个人想，像这样活着，倒不如死，还是把万事丢开，投海去吧。那个人想，世事已不堪问，我姑且寄情于醇酒妇人，借以消愁解闷罢！嗳！谁晓得这种悲观哲学消磨了几多有用之材哟？但是，我们且慢些去怜惜。他们十年前也像你和我一样，也很抱乐观，也常时说，长夜漫漫，终有时旦，只要精诚贯彻，金石都自然会破裂咧。不过现在环境把他们征服了罢了。

我们说话论事，一方面要顾及当然，一方面也要顾及可然。就当然说，环境要降服，理想才可以实现。但是环境如何可以征服，我们也不可不注意。许多人起初都发愿要征服环境，何以后来大半反为环境征服？我们自然会说，因为他们的精神不能坚持到底。但是，他们的精神何以不能坚持到底？我们可以说，因为他们的精神不能超脱现实。一个人如果只能在现实界活动，现实如果顺遂，他自然可以快乐；但是现实如果使他的活动不成功，而他又没有别条路可以去求慰安，他自然要失望悲观。但是，倘若他的精神能够超脱现实，现实的困难当然不能叫他屈服，因为他还可以在精神界求慰安。现实既然不能屈服他的精神，那么，他自然可以坚持到底和环境奋斗了。

超脱现实的方法也很多。最普通的要算宗教信仰。现世一切苦恼不用说罢！灵魂不灭，来世的天堂快乐还不晓得有多么可爱。现在不过是时间的太仓一粟。我们撑持肉体活着，是一件极偶然的现象。在这个撑持肉体活着一顷间，就有一些儿苦痛，那值得愁眉蹙额？不错，现世一切奋斗，眼前似乎没有大的效果。但是，我们不必因此失望灰心，我们现在不过是播种子，将来一定有岁物丰成的日子。这些话是极浅近的极普通的宗教信仰。我自己既不是一个教徒，也不敢和打维护科学招牌的人搬唇舌。不过我很忠实地相信纯粹的宗教对于人类，利害相权，还是利多害少。倘若现世的苦乐不能叫普通人趋善避恶而宗教能够做这件事，为什么宁愿普通人做过恶不去信仰宗教？假使大家都觉得现世烦恼，假使宗教可以安慰他们的精神，为什么把烦恼的人逼到山穷水尽，不知去向？我也十分相信宗教原来是一种自欺。可是这究竟根于人性，不可免的。心理学家对我们说过，就是通常所谓理智（rationization），也大半是自欺的结果，你说宗教靠不住，理智又靠得住吗？人类行为大部分都受感情支配。事前并不很揣摩为什么要这样做。事后追维，才找出一些理由来解释庇护自己的以往举动。这种理由和以往举动或毫无关系，不过姑且拉来自宽怀抱罢了。在理论上，吾人生活当全然受理性支配，但是在实际上，吾人生活是不受理性支配的。因为无意识和感情在那儿默化潜移，意识的防范实在鞭长不及马腹。所以想养成道德的习惯，与其锻炼理智，不如陶冶感情。宗教也是一种陶冶感情的工具。宗教何以能陶冶感情呢？感情是一件极活泼的东西，如果不得寄托的处所，来自由活动，便会游离不定。感情游离不定，结果就是精神失常，小而烦闷，大而疯癫。宗教的长处，就在能把游离不定的感情引到一个安顿的地方。这种陶淑作用（sublimation），弗洛伊德（Freud）和荣格（Jung）一派的心理学家说得非常透辟，我在这里也无须多话。不过添一句话代宗教辩护：托尔斯泰、甘地一流的人物，如果没有宗教做他们的精神元素，他们的生活决不像那样可爱，那样能感发兴起；希伯来和穆斯林两个民族，如果没有宗教做团结的线索，他们已经早当让极艰苦的环境征服了。

这番话谈给科学成见很深的人听，或者不能叫他们相信。那么，他们如果想解除烦闷，就要在美术中寻慰情剂，因为美术也很能使人超脱现实的。美术何以使人能超脱现实呢？一、就创作美术的人说，美术虽借现实做资料，但是对于资料的应用支配，美术家能够本自己的创造理想，伸缩自由。在现实范围里说话，空中决计不能起楼阁。美术便没有这种限制。所以现实界不能实现的理想，在美术中可以有机会实现。二、就欣赏美术的人说，美术能引起快感，而同时又不会激动进一步的欲望；一方面给心灵以自由活动的机会，一方面又不为实用目的所扰。譬如在实际上看见一个美人，占有欲就蠢蠢欲动。但是看雷阿那多·达·芬奇画的《蒙娜丽莎》，如果曾经受过美术的陶冶，那时心神只像烟笼寒水迷离恍惚，把世界上一

天使报喜图

达·芬奇
1475
意大利佛罗伦萨
乌菲兹美术馆

抱银鼠的女子

达·芬奇

1483—1490

波兰克拉科夫札托里斯基博物馆

切悲欢苦乐遗忘净尽了，还有什么欲望？我有一次劝一个学数理的朋友偷暇学一点文学，或者他的心绪不像那样干枯烦暴。他说："写实派文学把黑暗世界越发写得黑暗，读这种文学不叫人更悲观吗？"我虽然觉得我生平所经过的极乐心境，是在深夜读含有悲剧元素的文字；但是我那时不能对这位朋友解释这种心理作用，所以我的朋友把我的忠告置之一笑就算了。后来读艾宾浩斯（Ebbinghaus）的心理学美术章，才恍然大悟。吾人生机时时刻刻求活动。生机发泄，感觉愉快；生机抑郁，感情烦闷。所以遇着悲痛，哭一场就消了劲。生机不一定要在现实界才能发泄，美术也是一个极好的发泄生机的巷间。在美术中发泄生机，所感的快乐比在现实界还更加纯粹深厚，因为没有实用的目的来滋扰。譬如在现实界看见父子三人都被恶蛇捆绞在一起，心里只有恐惧哀矜种种的不快之感。可是欣赏希腊著名雕刻《拉奥孔》（Laocoon），这种哀矜恐惧虽还有若干存在，但是他们都变成愉快的感觉了。这就是因为心里没有实用目的来烦扰。哀矜恐惧两种感情发泄了，然而心目中没有生死存亡的念头，没有逃脱抵抗的打算，所以虽哀矜恐惧而还能十分愉快。普通人在饮食男女名誉权利场合中生机受了挫折，便不知道向他方面求发泄，所以抑郁，所以烦闷。谁肯宣传美术的福音来救济这些无数在苦海中挣扎的失望者呢？

美术不但可以使人超脱现实，还可以使人在现实界领悟天然之美，消受自在之乐。自然界有多少美致，人生有多少妙趣，在粗心浮气的人看，都忽略过去。经美术家一指点，美就确乎是美，妙就确乎是妙。谁没有看过流水？不过在普通人看，流水只是流水罢了，孔子一看到，便叹气说："逝者如斯夫，不舍昼夜！"这样一指点，滚滚东流的水便含有无限生机，无限悲感。谁没有看见鸟鹊在树林里度日子？陶渊明看见，便推出一种极乐的人生观哲学。“众鸟欣有托，吾亦爱吾庐”两句诗把宇宙写得多么可爱？美术家不但在花明风惠的境界，可以领略鱼跃鸢飞的乐趣，就是在极细微处——甚且在极悲惨处——也能寻出赏心乐事。托尔斯泰是一个最好例子。在他的《战争与和平》里面，那位彼得在牢狱中饥寒交迫，人生之苦，无不备尝。但是他一天看见天上月明如水，牢狱四围的园林山谷都空漾澄澈，一望无际，他就恍然觉悟人生的至乐，不是环境可以磨灭的。在他的《神在爱所在》那篇小说里，一个极穷苦的鞋匠梦见上帝要到他家里来，从天早候到天晚，只有一个扫雷的苦工来分他房子里的暖气，和一个抱着呱呱哭的孩子的丐妇来分他的几粒豆饭。他就因而觉悟神在爱所在的道理，心里便二十四分的畅快。这不过是偶尔想出来几个例子。其实我所见到的何及恒河一粒沙哟！我相信人肯受美术陶冶，世界和人生决不至干燥无味。烦闷无形消灭，自然不消说了。

除宗教家和美术家以外，最能超脱现实的要算是婴儿。他们高起兴来，就结队搬砖弄瓦呀，捉迷藏呀……玩得不公平，便打一个痛快架。打痛了，便索性的哭一场。哭过了，就揩干眼泪，开笑脸再去做别的玩意儿。他们天真烂漫，完全趁着一时的兴会做事，绝对不瞻前顾后，所以他们生活最愉快。人生快乐倘若想完备，一定要保存一点孩子气，这种孩子气应用非常之广。孔子有一天问门弟子的志愿，许多人都说一些什么兴邦治国。曾点一个人却说：“春服既成，冠者五六人，童子六七人，浴乎沂，风乎舞雩，咏而归。”孔子听过，便不迟疑的宣布“吾与点也”。曾点的长处就在能保一种天真烂漫的孩子气。孔子称许他，或则也因为“大人者无失其赤子之心”罢。王徽之的故事也是一个好例子。有一晚雪后初晴，月亮照得非常光澈。他忽然想到他的朋友处谈谈心。立刻间他就撑只小船去了。

不多会儿到他朋友的门口了，他忽然地又抽身转去。人问他的缘故，他说，我“乘兴而来，兴尽而返”。何足为奇？像这一流人物才晓得人生在世，怎样才能怡情养性，无沾无碍咧！有些人或者骂这种习惯带着臭名士气。他们自然也许有他们的高见。不过我想这种天真烂漫无沾无碍的气象倘若不用到过分，实在对于精神的卫生有许多裨益。人的精力无论属于精神方面或者身体方面，都有一个限度。譬如弓弦，拉到满引的时候，倘若不放松一点，怎么可以再加力？纵使再加力，怎么能不崩折？普通人无论何时何地，都一样地认真到底，不能稍稍放肆一点。所以容易倦怠，容易灰心。孩儿气的好处就在有时使人偶尔把现实的重载卸在旁边，让心灵偷点空儿休息，好预备再出力。

这三个方法，我个人认为可以超脱现实，解除烦闷。别人——科学家和哲学家——也许在别的地方寻出超脱现实解除烦闷的方法，不过我没有经验，不能说话。我和王君光祈的出发点都是给生机以自由活动的机会。不过王君着重的是人生各时期有各时期的嗜好，要随时餍足。所以王君似乎主张生机只可以在现实界活动；如果现实界活动不成功，便使人生烦闷。我的主张是一种补充的办法。我以为生机不仅可以在现实界活动，如果在现实界受了挫折，不一定使人生烦闷，因为他还可以超脱现实在精神界求慰安。就积极方面说，超脱现实，就是养精蓄锐，为征服环境的预备。就消极方面说，超脱现实，就是消愁遣闷，把乐观、热心、毅力都保持住，不让环境征服。在我国现在状况之下，谁晓得有多少失望者与悲观者？我很惭愧这篇文章不能把超脱现实的道理说得透彻，使他们感发兴起；但是我很希望享受过精神上的至乐的人多用工夫来宣传超脱现实的福音，来救济众生咧。

悼夏孟刚

人生是最繁复而诡秘的，
悲字乐字都不足以概其全。
愚者拙者混混沌沌的过去，
反倒觉庸庸多厚福。
具有湛思慧解的人总不免苦多乐少。

此稿曾载立达学园校刊，因为可以代表我对于自杀的意见，所以特载于此。

今晨接得慕陶和澄弟的信，但道夏孟刚已于四月十二日服氰化钾自杀了。近来常有人世凄凉之感，听了孟刚的噩耗，烦忧隐恸，益觉不能自禁。

我在吴淞中国公学时，孟刚在我所教的学生中品学最好，而我属望于他也最殷，他平时沉静寡言语，但偶有议论，语语都来自衷曲，而见解也非一般青年所能及。那时他很喜欢读托尔斯泰，他的思想，带有很深的托氏人生观的印痕。我有一个时期，也受过托尔斯泰的熏沐。我自惭根性浅薄，有些地方不能如孟刚之彻底深入；可是我们的心灵究竟有许多类似，所以一接触后，能交感共鸣。

在永恒的门口

文森特·梵高

1890

荷兰库拉·穆勒梵高美术馆

哭泣的老人

文森特·梵高

1882

荷兰库拉·穆勒梵高美术馆

中国公学阻于兵争以后，孟刚入浦东中学，我转徙苏浙，彼此还数相见。在这个时候，他介绍我认识了他的哥哥。他的父亲曾经在我的母校桐城中学当过教师。因此我们情感上更加一层温慰。江湾立达学园成立后，孟刚遂舍浦东来学江湾。我因函于去国，正想寻机会同他作一次深谈，他突然间得了父病的消息，就匆匆别我返松江叶榭去了。

今年一月中，他来一封信，里面有这一段话：

您启程赴英的时候，我在家中不能听到“我去了”三字，至以为憾。我近来觉人生太无意味；我觉得世界上很少真正的同情者，除去母性的外，也许绝无，我觉得我是不可再活在世上和人类接触了；而尤其使我悲伤的就是我本来可以向他发发牢骚的哥哥已于暑假中死于北京，继而我的父亲也病没了。也许我过去的生活太偏于情感，或太偏于理智。或者我的天性如此。我知道我请您教我，是无效果的，但是我又觉着不可不领领您的教。

我读过这封信为之怛然许久。我很疑虑我所属望最殷的孟刚或者于悲恸父兄之丧外，又不幸别触尘网。青年人大半都免不掉烦闷时期。但是我相信孟刚终当自能解脱。寄了一部歌德的《麦斯特游学记》给他读，希望他在这本书中能发见他所未曾见到的人生又一面。孟刚具有很强烈的感受伟大心灵之暗示的能力，我很希望他能私淑歌德抛开轻生的念头，替人类多造些光；哪里知道孟刚在写信给我的时候，就有自杀的决心，而那封信竟成绝笔！

孟刚自杀的近因，我不甚明了。但是就他的性格和遭际说，这次举动也不难解释。他不属于任何宗教，而宗教的情感则甚强烈。他对于世人的罪恶，感觉过于锐敏。托尔斯泰的影响本应该可以使他明了赦宥的美；可是他的性情耿介孤洁，不屑与世浮沉，只能得托氏之深的方面，未能得托氏之广的方面，其结果乃走于极端而生反动。孟刚固深于情者，慈爱的父兄既先后弃世，而友朋中能了解他心的深处者又甚寥寥。于此寥廓冷清的世界中，孟刚乃不幸又受命运之神最后的揶揄，而绝望于理想的爱。这些情境相凑合，孟刚遂恝然抛开垂暮的慈母而自杀了。

我不愿像柏拉图、叔本华一般人以伦理眼光抨击自杀。生的自由倘若受环境剥夺了，死的自由谁也不能否认的。人们在罪恶苦痛里过活，有许多只是苟且偷生，腼然不知耻。自杀是伟大意志之消极的表现。假如世界没有中国的屈原、希腊的塞诺（Zeno、罗马的塞内加（Seneca）一类人的精神，其卑污顽劣，恐更不堪言状了。

人生是最繁复而诡秘的，悲字乐字都不足以概其全。愚者拙者混混沌沌地过去，反倒觉庸庸多厚福。具有湛思慧解的人总不免苦多乐少。悲观之极，总不出乎绝世绝我两路。自杀是绝世而兼绝我。但是自杀以外，绝非别无他路可走，最普通的是绝世而不绝我，这条路有两分支。一种人明知人世悲患多端而生命终归于尽，乃力图生前欢乐，以诙谐的眼光看游戏似的世事，这是以玩世为绝世的。此外也有些人既失望于人世欢乐之无常，而生老病死，头头是苦，于是遁入空门，为未来修行，这是以逃世为绝世的。苏曼殊的行迹大半还在一般人的记忆中。他是想逃世而终于只做到玩世的。玩世者与逃世者都只能绝世而不能绝我。不能绝世，便不能无赖于人。牵绊既未断尽，而人世忧患乃有时终不能不随之俱来。所以玩世与逃世，就人说，为不道德；就已说，为不彻底。衡量起来，还是自杀为直截了当。

自杀比较绝世而不绝我，固为彻底，然而较之绝我而不绝世，则又微有欠缺。什么叫做“绝我而不绝世了”？就是流行语中所谓“舍己为群”，不过这四字用滥了，因而埋没了真义。所谓“绝我”，其精神类自杀，把涉及我的一切忧苦欢乐的观念一刀斩断。所谓“不绝世”，其目的在改造，在革命，在把现在的世界换过面孔，使罪恶苦痛，无自而生。这世界是污浊极了，苦痛我也够受了。我自己姑且不算吧，但是我自己坠入苦海了。我决不忍眼睁睁地看别人也跟我下水。我决计要努力把这个环境弄得完美些，使后我而来的人们免得再尝受我现在所尝受的苦痛，我自己不幸而为奴隶，我所以不惜粉身碎骨，努力打破这个奴隶制度，为他人争自由，这就是绝我而不绝世的态度。持这个态度最显明的要算释迦牟尼，他一身都是“以出世的精神，做入世的事业”。佛教到了末流，只能绝世而不能绝我，与释迦所走的路恰相背驰，这是释迦始料不及的。古今许多哲人，宗教家，革命家，如墨子，如耶稣，如甘地，都是从绝我出发到淑世的路上的。

假如孟刚也努力“以出世的精神，做入世的事业”，他应该能打破几重使他苦痛而将来又要使他人苦痛的孽障。

但是，孟刚死了，幽明永隔，这番话又向谁告诉呢！

1926年5月18日夜半于爱丁堡

此时，此身，此地

CHAPTER 6

此时我能做的事，绝不推诿到下一时刻；
此地我能做的事，绝不想着换另外一个境地再做；
此身我能做的事，绝不妄想于他人来替代。

谈冷静

冷静的人才能静观，
才能发现“万物皆自得”。

德国哲学家尼采把人类精神分为两种，一是阿波罗的，一是狄俄倪索斯的。这两个名称起源于古希腊神话。阿波罗是日神，是光的来源，世间一切事物得着光才显现形相。古希腊人想象阿波罗凭临奥林庇斯高峰，雍容肃穆，转运他的奕奕生辉的巨眼，普照世间一切，妍丑悲欢，同供玩赏，风帆自动而此心不为之动，他永远是一个冷静的旁观者。狄俄倪索斯是酒神，是生命的来源，生命无常幻变，狄俄倪索斯要在生命幻变中忘却生命幻变所生的痛苦，纵饮狂歌，争取刹那间尽量的欢乐，时时随着生命的狂澜流转，如醉如痴，曾不停止一息来反观自然或是玩味事物的形相，他永远是生命剧场中一个热烈的扮演者。尼采以为人类精神原有这两种分别，一静一动，一冷一热，一旁观，一表演。艺术是精神的表现，也有这两种分别，例如图画、雕刻等造型艺术是代表阿波罗精神的，音乐、跳舞等非造型艺术是代表狄俄倪索斯精神的。依尼采看，古代希腊人本最富于狄俄倪索斯精神，体验生命的痛苦最深切，所以内心最悲苦，然而没有走上绝望自杀的路，就好在有阿波罗精神来营救，使他们由表演者的地位跳到旁观者的地位，由热烈而冷静，于是人生一切灾祸罪孽便变成庄严灿烂的意象，产生了古希腊人的最高艺术——悲剧。

尼采的这番话乍看来未免离奇，实在含有至理。近代心理学区分性格的话和它暗合的很多，我们在这里不必繁引。尼采专就古希腊艺术着眼，以为它的长处在以阿波罗精神化狄俄倪索斯精神。古希腊艺术的作风在后来被称为“古典的”，和“浪漫的”相对立。所谓“古典的”作风特点就在冷静、有节制、有含蓄，全体必须和谐完美；所谓“浪漫的”作风特点就在热烈、自由流露、尽量表现、想象丰富、情感深至，而全体形式则偶不免有瑕疵。从此可知古典主义是偏于阿波罗精神的，浪漫主义是偏于狄俄倪索斯精神的。

“古典的”与“浪漫的”原只适用于文艺，后来常有人借用这两个形容词来谈人的性格，说冷静的、纯正的、情理调和的人是“古典的”；热烈的、好奇特的、偏重情感与幻想的人是“浪漫的”。人禀赋不同，生来各有偏向，教育与环境也常容易使人习染于某一方面，但就大体来说，青年人的性格常偏于“浪漫的”，老年人的性格常偏于“古典的”，一个民族也往往如此。这两种性格各有特长，在理论上我们似难作左右袒。不过我们可以说，无论在艺术或在为人方面，“浪漫的”都多少带着些稚气，而“古典的”则是成熟的境界。如果读者容许我说一点个人的经验，我的青年期已过去了，现在快走完中年的阶段，我曾经热烈地爱好过“浪漫的”文艺与性格，现在已开始逐渐发现“古典的”更可爱。我觉得一个人在任何方面想有真正伟大的成就，“古典的”、“阿波罗的”冷静都绝不可少。

康乃馨圣母

达·芬奇

1472–1478

德国慕尼黑古代美术馆

利塔圣母像

达·芬奇

1490

俄国圣彼得堡赫米塔希美术馆

要明白冷静，先要明白我们通常所以不能冷静的原因。说浅一点，不能冷静是任情感、逞意气、易受欲望的冲动，处处显得粗心浮气；说深一点，不能冷静是整个性格修养上的欠缺，心境不够冲和豁达，头脑不够清醒，风度不够镇定安详。说到性格修养，困难在调和情与理。人是有生气的动物，不能无情感；人为万物之灵，不能无理智。情热而理冷，所以常相冲突。有一部分宗教家和哲学家见到任情纵欲的危险，主张抑情以存理。这未免是剥丧一部分人类天性，可以使人生了无生气，不能算是健康的人生观。中外大哲人如孔子、柏拉图诸人都主张以理智节制情欲，使情欲得其正而能与理智相调和。不过这不是一件易事。孔子自道经验说："七十而从心所欲，不逾矩。"这才算是情理融和的境界，以孔子那样圣哲，到七十岁才能做到，可见其难能可贵。大抵修养入手的工夫在多读书明理，自己时时检点自己，要使理智常是清醒的，不让情感与欲望恣意孤行，久而久之，自然胸襟澄然，矜平躁释，遇事都能保持冷静的态度。

学问是理智的事，所以没有冷静的态度不能做学问。在做学问方面，冷静的态度就是科学的态度。科学（一切求真理的活动都包含在内）的任务在根据事实推求原理，在紊乱中建立秩序，在繁复中寻求条理。要达到这种任务，科学必须尊重所有的事实，无论它是正面的或反面的，不能挟丝毫成见去抹杀事实或是歪曲事实；他根据人力所能发现的事实去推求结论，必须步步虚心谨慎，把所有的可能的解说都加以缜密考虑，仔细权衡得失，然后选定一个比较圆满的解说，留待未来事实的参证。所以科学的态度必须冷静，冷静才能客观、缜密、谨严。常见学者立说，胸中先有一成见，把反面的事实抹杀，把相反的意见丢开，矜一曲之见为伟大发明，旁人稍加批评，便以怒目相加，横肆诋骂，批评者也以诋骂相报，此来彼去，如泼妇骂街，把原来的论点完全忘去。我们通常说这是动情感，凭意气。一个人愈易动情感，凭意气，在学问上愈难有成就。一个有学问的人必定是“清明在躬，志气如神”，换句话说，必定能冷静。

一般人欢喜拿文艺和科学对比，以为科学重理智而文艺重情感。其实文艺正因为表现情感的缘故，需要理智的控制反比科学更甚。英国诗人华兹华斯曾自道经验说：“诗起于沉静中所回味得来的情绪。”人人都能感受情绪，感受情绪而能在沉静中回味，才是文艺家的特殊修养。感受是能入，回味是能出。能入是主观的、热烈的；回味是客观的、冷静的。前者是尼采所谓狄俄倪索斯精神的表现，而后者则是阿波罗精神的表现，许多人以为生糙情感便是文艺材料，怪自己没有能力去表现，其实文艺须在这生糙情感之上加以冷静的回味、思索、安排，才能豁然贯通，见出形式。语言与情思都必经过洗刷炼裁，才能恰到好处。许多人在兴高采烈时完成一个作品，便自矜为绝作，过些时候自己再看一遍，就不免发现许多毛病。罗马批评家贺拉斯劝人在完成作品之后，放下几年才发表，也是有见于文艺创作与修改，需要冷静，过于信任一时热烈兴头是最易误事的。我们在前面已经说过，成熟的“古典的”文艺作品特色就在冷静。近代写实派不满意于浪漫派，原因也在主张文艺要冷静。一个人多在文艺方面下功夫，常容易养成冷静的态度。关于这一点，我在几年前写过一段自白，希望读者容许我引来参证：

我应该感谢文艺的地方很多，尤其他教我学会一种观世法。一般人常以为只有科学的训练才可以养成冷静的客观的头脑……我也学过科学，但

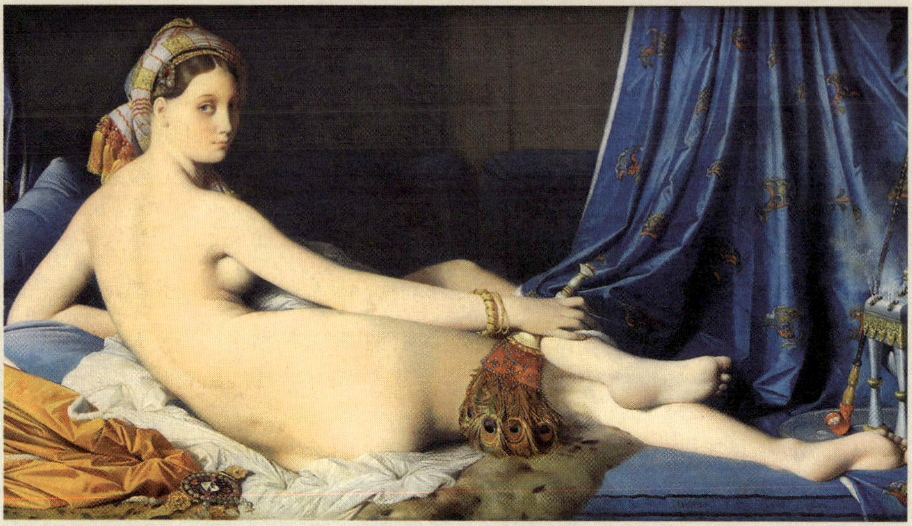

大宫女

多米尼克·安格尔

1814

法国巴黎卢浮宫

是我的冷静的客观的头脑不是从科学而是从文艺得来的。凡是不能持冷静的客观的态度的人，毛病都在把“我”看得太大。他们从“我”这一副着色的望远镜里看世界，一切事物于是都失去它们的本来面目。所谓冷静的客观的态度就是丢开这副望远镜，让“我”跳到圈子以外，不当作世界里有“我”而去看世界，还是把“我”与类似“我”的一切东西同样看待。这是文艺的观世法，也是我所学得的观世法。

我引这段话，一方面说明文艺的活动是冷静，一方面也趁便引出做人也要冷静的道理。我刚才提到丢开“我”去看世界，我们也应该丢开“我”去看“我”。“我”是一个最可宝贵也是最难对付的东西。一个人不能无“我”，无“我”便是无主见，无人格。一个人也不能执“我”，执“我”便是持成见，逞意气，做学问不易精进，做事业也不易成功。佛家主张“无我相”，老子劝告孔子“去子之骄气与多欲”，都是有见于“执我”的错误。“我”既不能无，又不能执，如何才可以调剂安排，恰到好处呢？这需要知识。我们必须彻底认清“我”，才会妥帖地处理“我”。

“知道你自己”，这句名言为一般哲学家公认为古希腊人的最高智慧的结晶。世间事物最不容易知道的是你自己，因为要知道你自己，你必须能丢开“我”去看“我”，而事实上有了“我”就不易丢开“我”，许多人都时时为我见所蒙蔽而不自知，人不易自知，犹如有眼不能自见，有力不能自举。你本是一个凡人，你却容易把自己看成一个英雄；你的某一个念头、某一句话、某一种行为本是错误的，因为是你自己所想的、说的、做的，你的主观成见总使你自信它是对的。执迷不悟是人所常犯的过失。

中国儒家要除去这个毛病，提倡“自省”的工夫。“自省”就是自己审问自己，丢开“我”去看“我”。一般人眼睛常是朝外看，自省就是把眼光转向里面看。一般能自省的人才能自知。自省所凭借的是理智，是冷静的客观的科学的头脑。能冷静自省，品格上许多亏缺都可以免除。比如你发愤时，经过一番冷静的自省，你的怒气自然消释；你起了一个不正当的欲念时，经过一番冷静的自省，那个欲念也就冷淡下去；你和人因持异见争执，盛气相凌，你如果能冷静地把所有的论证衡量一下，你自然会发现谁是谁非，如果你自己不对，你须自认错误，如果你自己对，你有理由可以说服人。

从这些例子看，“自省”含有“自制”的功夫在内。一个能自制的人才能自强。能自制便有极大的意志力，有极大的意志力才能认定目标，看清事物条理，征服一切环境的困难，百折不挠以抵于成功。古今英雄豪杰有大过人的地方都在有坚强的意志力，而他们的坚强的意志力的表现往往在自制方面。哲学家如苏格拉底，宗教家如耶稣、释迦牟尼，政治家如诸葛亮、谢安、李泌，都是显著的实例。许多人动辄发火生气，或放辟邪侈，横无忌惮，或暴戾刚愎，恣意孤行，这种人看来像是强悍勇猛，实在最软弱，他们做情感的奴隶，或是卑劣欲望的奴隶，自己尚且不能控制，怎能控制旁人或控制环境呢？这种人大半缺乏冷静，遇事鲁莽灭裂，终必至于偾事。如果军国大政落在这种人的手里，则国家民族变成野心或私欲的孤注，在一喜一怒之间轻轻被断送。今日的德意志和日本不惜涂炭千百万生灵，置全民族命脉于险境，实由于少数掌政权者缺乏冷静的头脑，聊图逞一时的意气与狂妄的野心，如悬崖纵马，一放而不可收拾。这是最好的殷

自画像

达·芬奇

1516

意大利都灵国家画廊

鉴。人类许多不必要的灾祸罪孽都是这种人惹出来的。如果我们从这些事例上想一想，就可以见出一个人或一个民族在失去冷静的理智的态度时所冒的危险。

一个理想的人须是有德有学有才。德与学需要冷静，如上所述，才也不是例外。才是处事的能力。一件事常有许多错综复杂的关系，头脑不冷静的人处之，便如置身五里雾中，觉得需要处理的是一团乱丝，处处是纠纷困难。他不是束手无策，就是考虑不周到，布置不缜密，一个困难未解决，又横生枝节，把事情弄得更糟。冷静的人便能运用科学的眼光，把目前复杂情形全盘一看，看出其中关系条理与轻重要害，在种种可能的办法之中选择一个最合理的，于是一切纠纷困难便如庖丁解牛，迎刃而解。治个人私事如此，治军国大事也是如此，能冷静的人必能谋定后动，动无不成。

一个冷静的人常是立定脚跟，胸有成竹，所以临难遇险，能好整以暇，雍容部署，不至张皇失措。我们中国人对于这种风格向来当作一种美德来欣赏赞叹。孔子在陈过匡，视险若夷，汉高伤胸扪足，史传都传为美谈，后来《世说新语》所载的“雅量”事例尤多，现提举数条来说明本文所谈的冷静：

桓公伏甲设馔，广延朝士，因此欲诛谢安、王坦之。王甚遽，问谢曰：“当作何计？”谢神色不变，谓文度曰：“晋阼存亡在此一行。”相与俱前，王之恐状转见于色，谢之宽容愈表于貌，望阶趋席，方作“洛生咏”，讽“浩浩洪流”。桓惮其旷远，乃趣解兵。王谢旧齐名，于此始判优劣。

谢太傅盘桓东山，时与孙兴公诸人泛海戏。风起浪涌，孙王诸人色并遽，便唱使还。太傅神情方王，吟啸不言。舟人以公貌闲意悦，犹去不止。既风转急浪猛，诸人皆喧动不坐。公徐云："如此，将无归。"众人即承响而回，于是审其量，足以镇定朝野。

王子猷子敬曾俱坐一室，上忽发火。子猷遽走避，不遑取屐；子敬神色恬然，徐唤左右扶凭而出，不异平常。世以此定二王神宇。

这些都是冷静态度的最好实例。这种"雅量"所以难能可贵，因为它是整个人格的表现，需要深厚的修养。有这种雅量的人才能担当大事，因为他豁达、清醒、沉着，不易受困难摇动，在危急中仍可想出办法。

冷静并不如庄子所说的"形如槁木，心如死灰"，但是像他所说的游鱼从容自乐。禅家最好做冷静的工夫，他们的胜境却不在坐禅而在禅机。这"机"字最妙。宇宙间许多至理妙谛，寄寓于极平常微细的事物中，往往被粗心浮气的人们忽略过，陈同甫所以有"恨芳菲世界，游人未赏，都付与莺和燕"的嗟叹。冷静的人才能静观，才能发现"万物皆自得"。孔子引《诗经》"鸢飞戾天，鱼跃于渊"二句而加以评释说："言其上下察也。"这"察"字下得极好，能"察"便能处处发现生机，吸收生机，觉得人生有无穷乐趣。世间人的毛病只是习焉不察，所以生活枯燥，日流于卑鄙污浊。"察"就是"静观"，美学家所说的"观照"，它的唯一条件是冷静超脱。哲学家和科学家所做的工夫在这"察"字上，诗人和艺术家所做的工夫也还在这"察"字上。尼采所说的日神阿波罗也是时常在"察"。人在冷静时静观默察，处处触机生悟，便是"地行仙"。有这种修养的人才有极丰富的生机和极厚实的力量！

谈价值意识

一个人的生活是否丰富，
这就是说，
有无价值，
就看他对于心灵或精神生活的努力和成就的大小。

物有本末，事有终始，知所先后，则近道矣。

我初到英国读书时，一位很爱护我的教师——辛博森先生——写了一封很恳切的长信，给我讲为人治学的道理，其中有一句话说："大学教育在使人有正确的价值意识，知道权衡轻重。"于今事隔二十余年，我还很清楚地记得这句看来颇似寻常的话。在当时，我看到了有几分诧异，心里想：大学教育的功用就不过如此吗？这二三十年的人生经验才逐渐使我明白这句话的分量。我有时虚心检点过去，发现了我每次的过错或失败都恰是当人生歧路，没有能权衡轻重，以至去取失当。比如说，我花去许多功夫读了一些于今看来是值不得读的书，做了一些于今看来是值不得做的文章，尝试了一些于今看来是值不得尝试的事，这样地就把正经事业耽误了。好比行军，没有侦出要塞，或是侦出要塞而不尽力去击破，只在无战争重要性的角落徘徊摸索，到精力消耗完了还没碰着敌人，这岂不是愚蠢？

我自己对于这种愚蠢有切身之痛，每衡量当世人物，也欢喜审察他们是否有没有犯同样的毛病。有许多在学问思想方面极为我所敬佩的人，希望本来很大，他们如果死心塌地做他们的学问，成就必有可观。但是因为他们在社会上名望很高，每个学校都要请他们演讲，每个机关都要请他们担任职务，每个刊物都要请他们做文章，这样一来，他们不能集中力量去做一件事，用非其长，长处不能发展，不久也就荒废了。名位是中国学者的大患。没有名位去挣扎求名位，旁驰博骛，用心不专，是一种浪费；既得名位而社会视为万能，事事都来打搅，惹得人心花意乱，是一种更大的浪费。“古之学者为己，今之学者为人。”在“为人”、“为己”的冲突中，“为人”是很大的诱惑。学者遇到这种诱惑，必须知所轻重，毅然有所取舍，否则随波逐流，不旋踵就有没落之祸。认定方向，立定脚跟，都需要很深厚的修养。

“正其谊不谋其利，明其道不计其功”，是儒家在人生理想上所表现的价值意识。“学也禄在其中”，既学而获禄，原亦未尝不可；为干禄而求学，或得禄而忘学便是颠倒本末。我国历来学子正坐此弊。记得从前有一个学生刚在中学毕业，他的父亲就要他做事谋生，有友人劝阻他说：“这等于吃稻种。”这句聪明话可表现一般家长视教育子弟为投资的心理。近来一般社会重视功利，青年学子便以功利自期，入学校只图混资格作敲门砖，对学问没有浓厚的兴趣，至于立身处世的道理更视为迂阔而远于事情。这是价值意识的混乱。教育的根基不坚实，影响到整个社会风气以至于整个文化。轻重倒置，急其所应缓，缓其所应急，这种毛病在每个人的生活上、在政治上、在整个文化动向上都可以看见。近来我看了英人贝尔的《文化论》（Clive Bell：Civilization），其中有一章专论价值意识为文化要素，颇引起我的一些感触。贝尔专从文化观点立论，我联想到“价值意识”在人生许多方面的意义。这问题值得仔细一谈。

自然界事物纷纭错杂，人能不为之迷惑，赖有两种发现，一是条理，一是分寸。条理是联系线索，分寸是本末轻重。有了条理，事物才能分别类居，不相杂乱；有了分寸，事物才能尊卑定位，各适其宜。条理是横面上的秩序，分寸是纵面上的等差。条理在大体上是纯理活动的产品，是偏于客观的；分寸的鉴别则有赖于实用智慧，常为情感意志所左右，带有主观的成分。别条理，审分寸，是人类心灵的两种最大的功能。一般自然科学在大体上都是别条理的事，一般含有规范性的学术如文艺、伦理、政治之类都是审分寸的事。这两种活动有时相依为用，但是别条理易，审分寸难。一个稍有逻辑修养的人大半能别条理，审分寸则有待于一般修养。它不仅是分析，而且是衡量；不仅是知解，而且是抉择。“厩焚，子退朝，曰：‘伤人乎？’不问马。”这件事本很琐细，但足见孔子心中所存的分寸，这种分寸是他整个人格的表现。

所谓审分寸，就是辨别紧要的与琐屑的，也就是有正确的价值意识。“价值”是一个哲学上的术语，有些哲学家相信世间有绝对价值，永驻常在，不随时空及人事环境为转移，如康德所说的道德责任，黑格尔所说的永恒公理。但是就一般知解说，价值都有对待，高下相形，美丑相彰，而且事物自身本无价值可言，其有价值，是对于人生有效用，效用有大小，价值就有高低。这所谓“效用”自然是指极广义的，包含一切物质的和精神的实益，不单指狭义功利主义所推崇的安富尊荣之类。作为这样的解释，价值意识对于人生委实是重要。人生一切活动，都各追求一个目的，我们必须先估定这目的有无追求的价值。如果根本没有价值而我们去追求，只追求较低的价值，我们就打错了算盘，没有尽量地享受人生最大的好处。有正确的价值意识，我们对于可用的力量才能作最经济的分配，对于人生的丰富意味才能尽量榨取。人投生在这个世界里如入珠宝市，有任意采取的自由，但是货色无穷，担负的力量不过百斤。有人挑去瓦砾，有人挑去钢铁，也有人挑去珠玉，这就看他们的价值意识如何。

价值意识的应用范围极广。凡是出于意志的行为都有所抉择、有所排弃。在各种可能的途径之中择其一而弃其余，都须经过价值意识的审核。小而衣食行止，大而道德学问事功，无一能为例外。

价值通常分为真善美三种。先说真，它是科学的对象。科学的思考在大体上虽偏于别条理，却也须审分寸。它分析事物的属性，必须辨别主要的与次要的；推求事物的成因，必须辨别自然的与偶然的；归纳事例为原则，必须辨别貌似有关的与实际有关的。苹果落地是常事，只有牛顿抓住它的重要性而发现引力定律；蒸汽上腾是常事，只有瓦特抓住它的重要性而发明蒸汽机。就一般学术研究方法说，提纲挈领是一套紧要的工夫，囫囵吞枣必定是食而不化。提纲挈领需要很锐敏的价值意识。

次说美，它是艺术的对象。艺术活动通常分欣赏与创造。欣赏全是价值意识的鉴别，艺术趣味的高低全靠价值意识的强弱。趣味低，不是好坏

持石榴的圣母

桑德罗·波提切利

意大利佛罗伦萨乌菲兹美术馆

无鉴别，就是欢喜坏的而不了解好的。趣味高，只有真正好的作品才够味，低劣作品可以使人作呕。艺术方面的爱憎有时更甚于道德方面的爱憎，行为的失检可以原谅，趣味的低劣则无可容恕。至于艺术创造更步步需要谨严的价值意识。在作品酝酿中，许多意象纷呈，许多情致泉涌，当兴高采烈时，它们好像八宝楼台，件件惊心夺目，可是实际上它们不尽经得起推敲，艺术家必能知道割爱，知道剪裁洗练，才可披沙拣金。这是第一步。已选定的材料需要分配安排，每部分的分量有讲究，各部分的先后位置也有讲究。凡是艺术作品必有头尾和身材，必有浓淡虚实，必有着重点与陪衬点。“譬如北辰，居其所，而众星拱之。”艺术作品的意思安排也是如此。这是第二步。选择安排可以完全是胸中成竹，要把它描绘出来，传达给别人看，必借特殊媒介，如图画用形色，文学用语言。一个意思常有几种说法，都可以说得大致不差，但是只有一种说法，可以说得最恰当妥帖。艺术家对于所用媒介必有特殊敏感，觉得大致不差的说法实在是差以毫厘，谬以千里，并且在没有碰着最恰当的说法以前，心里就安顿不下去，他必肯呕出心肝去推敲。这是第三步。在实际创造时，这三个步骤虽不必分得如此清楚，可是都不可少，而且每步都必有价值意识在鉴别审核。每个大艺术家必同时是他自己的严厉的批评者。一个人在道德方面需要良心，在艺术方面尤其需要良心。良心使艺术家不苟且敷衍，不甘落下乘。艺术上的良心就是谨严的价值意识。

再次说善，它是道德行为的对象。人性本可与为善，可与为恶，世间善人少而不善人多，可知为恶易而为善难。为善所以难者，道德行为虽根于良心，当与私欲相冲突，胜私欲需要极大的意志力。私欲引人朝抵抗力最低的路径走，而道德行为往往朝抵抗大的路径走。这本有几分不自然。但是世间终有人为履行道德信条而不惜牺牲一切者，即深切地感觉到善的价值。“朝闻道，夕死可矣。”孔子醇儒，向少作这样侠士气的口吻，而竟说得如此斩截者，即本于道重于生命一个价值意识。古今许多忠臣烈士宁杀身以成仁，也是有见于此。从短见的功利观点看，这种行为有些傻气。但是人之所以为人，就贵在这点傻气。说浅一点，善是一种实益，行善社会才可安宁，人生才有幸福。说深一点，善就是一种美，我们不容行为有瑕疵，犹如不容一件艺术作品有缺陷。求行为的善，即所以维持人格的完美与人性的尊严。善的本身也有价值的等差。“礼与其奢也宁俭，丧与其奢也宁戚”，重在内心不在外表。“男女授受不亲，嫂溺援之以手”，重在权变不在拘守条文。“人尽夫也，父一而已”，重在孝不在爱。忠孝不能两全时，先忠而后孝。以德报怨，即无以报德，所以圣人主以直报怨。“其父攘羊，其子证之”，为国法而伤天伦，所以圣人不取。子夏丧子失明而丧亲民无所闻，所以为曾子所呵责。孔子自己的儿子死只有棺，所以不肯卖车为颜渊买椁。齐人拒嗟来之食，义本可嘉，施者谢罪仍坚持饿死，则为太过。有无相济是正当道理，微生高乞醯以应邻人之求，不得为直。战所以杀敌制胜，宋襄公不鼓不成列，不得为仁。这些事例有极重大的，有极寻常的，都可以说明权衡轻重是道德行为中的紧要工夫。道德行为和艺术一样，都要做得恰到好处。这就是孔子所谓“中”，孟子所谓“义”。中者无过无不及，义者事之宜。要事事得其宜而无过无不及，必须有很正确的价值意识。

真善美三种价值既说明了，我们可以进一步谈人生理想。每个人都不免有一个理想，或为温饱，或为名位，或为学问，或为德行，或为事功，或为醇酒妇人，或为斗鸡走狗，所谓“从其大体者为大人，存其小体者为小人”。这种分别究竟以什么为标准呢？哲学家们都承认：人生最高目的是幸福。什么才是真正的幸福？对于这问题也各有各的见解。积学修德可被看成幸福，饱食暖衣也可被看成幸福。究竟谁是谁非呢？我们从人的观点来说，须认清人的高贵处在哪一点。很显然地，在肉体方面，人比不上许多动物，人之所以高于禽兽者在他的心灵。人如果要充分地表现他的人性，必须充实他的心灵生活。幸福是一种享受。享受者或为肉体，或为心灵。人既有肉体，即不能没有肉体的享受。我们不必如持禁欲主义的清教徒之不近人情，但是我们也须明白：肉体的享受不足人类最上的享受，而是人类与鸡豚狗彘所共有的。人类最上的享受是心灵的享受。哪些才是心灵的享受呢？就是上文所述的真善美三种价值。学问、艺术、道德几无一不是心灵的活动，人如果在这三方面达到最高的境界，同时也就达到最幸福的境界。一个人的生活是否丰富，这就是说，有无价值，就看他对于心灵或精神生活的努力和成就的大小。如果只顾衣食饱暖而对于真善美漫不感觉兴趣，他就成为一种行尸走肉了。这番道理本无深文奥义，但是说起来好像很迂阔。灵与肉的冲突本来是一个古老而不易化除的冲突。许多人因顾到肉遂忘记灵，相习成风，心灵生活便被视为怪诞无稽的事。尤其是近代人被“物质的舒适”一个观念所迷惑，大家争着去拜财神，财神也就笼罩了一切。“哀莫大于心死”，而心死则由于价值意识的错乱。我们如想改正风气，必须改正教育，想改正教育，必须改正一般人的价值意识。

谈美感教育

半亩方塘一鉴开，
天光云影共徘徊。
问渠哪得清如许？
为有源头活水来。

世间事物有真善美三种不同的价值，人类心理有知情意三种不同的活动。这三种心理活动恰和三种事物价值相当：真关于知，善关于意，美关于情。人能知，就有好奇心，就要求知，就要辨别真伪，寻求真理。人能发意志，就要想好，就要趋善避恶，造就人生幸福。人能动情感，就爱美，就欢喜创造艺术，欣赏人生自然中的美妙境界。求知、想好、爱美，三者都是人类天性；人生来就有真善美的需要，真善美具备，人生才完美。

教育的功用就在顺应人类求知、想好、爱美的天性，使一个人在这三方面得到最大限度的调和的发展，以达到完美的生活。“教育”一词在西文为 education，是从拉丁动词 educare 来的，原义是“抽出”，所谓“抽出”就是“启发”。教育的目的在“启发”人性中所固有的求知、想好、爱美的本能，使它们尽量生展。中国儒家的最高的人生理想是“尽性”。他们说：“能尽人之性则能尽物之性，能尽物之性则可以赞天地之化育。”教育的目的可以说就是使人“尽性”，“发挥性之所固有”。

物有真善美三面，心有知情意三面，教育求在这三方面同时发展，于是有智育、德育、美育三节目。智育叫人研究学问，求知识，寻真理；德育叫人培养良善品格，学做人处世的方法和道理；美育叫人创造艺术，欣赏艺术与自然，在人生世相中寻出丰富的兴趣。三育对于人生本有同等的重要，但是在流行教育中，只有智育被人看重，德育在理论上的重要性也还没有人否认，至于美育则在实施与理论方面都很少有人顾及。二十年前蔡孑民先生一度提倡过“美育代宗教”，他的主张似没有发生多大的影响。还有一派人不但忽略美育，而且根本仇视美育。他们仿佛觉得艺术有几分不道德，美育对于德育有妨碍。古希腊大哲学家柏拉图就以为诗和艺术是说谎的，逢迎人类卑劣情感的，多受诗和艺术的熏染，人就会失去理智的控制而变成情感的奴隶，所以他对诗人和艺术家说了一番客气话之后，就把他们逐出“理想国”的境外。中世纪耶稣教徒的态度很类似。他们以倡苦行主义求来世的解脱，文艺是现世中一种快乐，所以被看成一种罪孽。近代哲学家中卢梭是平等自由说的倡导者，照理应该能看得宽远一点，但是他仍是怀疑文艺，因为他把文艺和文化都看成朴素天真的腐化剂。托尔斯泰对近代西方艺术的攻击更丝毫不留情面，他以为文艺常传染不道德的情感，对于世道人心影响极坏。他在《艺术论》里说：“每个有理性有道德的人应该跟着柏拉图以及耶回教师，把这问题从新这样决定：宁可不要艺术，也莫再让现在流行的腐化的虚伪的艺术继续下去。”这些哲学家和宗教家的根本错误在认定情感是恶的，理性是善的，人要能以理性镇压感情，才达到至善。这种观念何以是错误的呢？人是一种有机体，情感和理性既都是天性固有的，就不容易拆开。造物不浪费，给我们一份家当就有一份的用处。无论情感是否可以用理性压抑下去，纵是压抑下去，也是一

维纳斯的诞生

1487

波提切利

意大利佛罗伦萨乌菲兹美术馆

种损耗，一种残废。人好比一棵花草，要根茎枝叶花实都得到平均的和谐的发展，才长得繁茂有生气。有些园丁不知道尽草木之性，用人工去歪曲自然，使某一部分发达到超出常态，另一部分则受压抑摧残。这种畸形发展是不健康的状态，在草木如此，在人也是如此。理想的教育不是摧残一部分天性而去培养另一部分天性，以致造成畸形的发展，理想的教育是让天性中所有的潜蓄力量都得尽量发挥，所有的本能都得平均调和发展，以造成一个全人。所谓“全人”除体格强壮以外，心理方面真善美的需要必都得到满足。只顾求知而不顾其他的人是书虫，只讲道德而不顾其他的人是枯燥迂腐的清教徒，只顾爱美而不顾其他的人是颓废的享乐主义者。这三种人都不是全人而是畸形人，精神方面的驼子、跛子。养成精神方面的驼子、跛子的教育是无可辩护的。

美感教育是一种情感教育。它的重要我们的古代儒家是知道的。儒家教育特重诗，以为它可以兴观群怨；又特重礼乐，以为“礼以制其宜，乐以导其和”。《论语》有一段话总述儒家教育宗旨说：“兴于诗，立与礼，成于乐。”诗、礼、乐三项可以说都属于美感教育。诗与乐相关，目的在怡情养性，养成内心的和谐（harmony）；礼重仪节，目的在使行为仪表就规范，养成生活上的秩序（order）。蕴于中的是性情，受诗与乐的陶冶而达到和谐；发于外的是行为仪表，受礼的调节而进到秩序。内具和谐而外具秩序的生活，从伦理观点看，是最善的；从美感观点看，也是最美的。儒家教育出来的人要在伦理和美感观点都可以看得过去。

这是儒家教育思想中最值得注意的一点。他们的着重点无疑地是在道德方面，德育是他们的最后鹄的，这是他们与西方哲学家、宗教家柏拉图和托尔斯泰诸人相同的。不过他们高于柏拉图和托尔斯泰诸人，因为柏拉图和托尔斯泰诸人误认美育可以妨碍德育，而儒家则认定美育为德育的必由之径。道德并非陈腐条文的遵守，而是至性真情的流露。所以德育从根本做起，必须怡情养性。美感教育的功用就在怡情养性，所以是德育的基础工夫。严格地说，善与美不但不相冲突，而且到最高境界根本是一回事，它们的必有条件同是和谐与秩序。从伦理观点看，美是一种善；从美感观点看，善也是一种美。所以在古希腊文与近代德文中，美善只有一个字，在中文和其他近代语文中，“善”与“美”二字虽分开，仍可互相替用。真正的善人对于生活不苟且，犹如艺术家对于作品不苟且一样。过一世生活好比做一篇文章，文章求惬心贵当，生活也须求惬心贵当。我们嫌恶行为上的卑鄙龌龊，不仅因其不善，也因其丑，我们赞赏行为上的光明磊落，不仅因其善，也因其美，一个真正有美感修养的人必定同时也有道德修养。

美育为德育的基础，英国诗人雪莱在《诗的辩护》里也说得透辟。他说：

道德的大原在仁爱，在脱离小我，去体验我以外的思想行为和体态的美妙。一个人如果真正做善人，必须能深广地想象，必须能设身处地替旁人想，人类的忧喜苦乐变成他的忧喜苦乐。要达到道德上的善，最大的途径是想象；诗从这根本上做工夫，所以能发生道德的影响。

换句话说，道德起于仁爱，仁爱就是同情，同情起于想象。比如你哀怜一个乞丐，你必定先能设身处地想象他的痛苦。诗和艺术对于主观的情境必能“出乎其外”，对于客观的情境必能“入乎其中”，在想象中领略它、玩索它，所以能扩大想象，培养同情。这种看法也与儒家学说暗合。儒家在诸德中特重“仁”，“仁”近于耶稣教的“爱”、佛教的“慈悲”，是一种天性，也是一种修养。仁的修养就在诗。儒家有一句很简赅深刻的话：“温柔敦厚诗教也。”诗教就是美育，温柔敦厚就是仁的表现。

美育不但不妨害德育而且是德育的基础，如上所述。不过美育的价值还不仅在此。西方人有一句恒言说：“艺术是解放的，给人自由的。”（Art is liberative.）这句话最能见出艺术的功用，也最能见出美育的功用。现在我们就在这句话的意义上发挥。从哪几方面看，艺术和美育是“解放的，给人自由的”呢?

第一，是本能冲动和情感的解放。人类生来有许多本能冲动和附带的情感，如性欲、生存欲、占有欲、爱、恶、怜、惧之类。本自然倾向，它们都需要活动，需要发泄。但是在实际生活中，它们不但常彼此互相冲突，而且与文明社会的种种约束如道德、宗教、法律、习俗之类不相容。我们每个人都知道，本能冲动和欲望是无穷的，而实际上有机会实现的却寥寥有数。我们有时察觉到本能冲动和欲望不大体面，不免起羞恶之心，硬把它们压抑下去；有时自己对它们虽不羞恶而社会的压力过大，不容它们赤裸裸地暴露，也还是被压抑下去。性欲是一个最显著的例。从前哲学家、宗教家大半以为这些本能冲动和情感都是卑劣的、不道德的、危险的，承认压抑是最好的处置。他们的整部道德信条有时只在理智镇压情欲。我们在上文指出这种看法的不合理，说它违背平均发展的原则，容易造成畸形发展。其实它的祸害还不仅此。弗洛伊德（Freud）派心理学告诉我们，本能冲动和附带的情感仅可暂时压抑而不可永远消灭，它们理应有自由活动的机会，如果勉强被压抑下去，表面上像是消灭了，实际上在隐意识里凝聚成精神上的疮疖，为种种变态心理和精神病的根源。依弗洛伊德看，我们现代文明社会中人因受道德、宗教、法律、习俗的裁制，本能冲动和情感常难得正常的发泄，大半都有些“被压抑的欲望”所凝成的“情意综”（complexes）。这些情意综潜蓄着极强烈的捣乱力，一旦爆发，就成精神上种种病态。但是这种潜力可以借文艺而发泄，因为文艺所给的是想象世界，不受现实世界的束缚和冲突，在这想象世界中，欲望可以用“望梅止渴”的办法得到满足。文艺还把带有野蛮性的本能冲动和情感提到一个较高尚较纯洁的境界去活动，所以有升华作用（sublimation）。有了文艺，本能冲动和情感才得自由发泄，不致凝成疮疖酿精神病，它的功用有如机器方面的“安全瓣”（safety volve）。弗洛伊德的心理学有时近于怪诞，但实含有一部分真理。文艺和其他美感活动给本能冲动和情感以自由发泄的机会，在日常经验中也可以得到证明。我们每当愁苦无聊时，费一点工夫来欣赏艺术作品或自然风景，满腹的牢骚就马上烟消云散了。读古人痛快淋漓的文章，我们常有“先得我心”的感觉。看过一部戏或是读过一部小说之后，我们觉得曾经紧张了一阵是一件痛快事。这些快感都起于本能冲动和情感在想象世界中得解放。最好的例子是歌德著《少年维特之烦恼》的经过。他少时爱过一个已经许人的女子，心里痛苦已极，想自杀以了一切。有一天他听到一位朋友失恋自杀的消息，想到这事和他自己的境遇相似，可以写成一部小说。他埋头两礼拜，写成《少年维特之烦恼》，把自己心中怨慕愁苦的情绪一齐倾泻到书里，书成了，他的烦恼便去了，自杀

雨，蒸汽和速度

约瑟夫·玛罗德·威廉·透纳

1844

英国伦敦泰德画廊

风雨兼程

1838

约瑟夫·玛罗德·威廉·透纳

的念头也消了。从这实例看，文艺确有解放情感的功用，而解放情感对于心理健康也确有极大的裨益，我们通常说一个人情感要有所寄托，才不致苦恼烦闷，文艺是大家公认为寄托情感的最好的处所。所谓“情感有所寄托”还是说它要有地方可以活动，可得解放。

其次，是眼界的解放。宇宙生命时时刻刻在变动进展中，古希腊哲人有“濯足急流，抽足再入，已非前水”的譬喻，所以在这种变动进展的过程中每一时每一境都是个别的、新鲜的、有趣的。美感经验并无深文奥义，它只在人生世相中见出某一时某一境特别新鲜有趣而加以流连玩味，或者把它描写出来。这句话中“见”字最紧要。我们一般人对于本来在那里的新鲜有趣的东西不容易“见”着。这是什么缘故呢？不能“见”，必有所蔽。我们通常把自己囿在习惯所画成的狭小圈套里，让它把眼界“蔽”着，使我们对它以外的世界都视而不见、听而不闻。比如我们如果囿于饮食男女，饮食男女以外的事物就见不着；囿于奔走钻营，奔走以外的事就见不着。有人向海边农夫称赞他的门前海景美，他很羞涩地指着屋后菜园说：“海没有什么，屋后的一园菜倒还不差。”一园菜囿住了他，使他不能见到海景美。我们每个人都有所囿，有所蔽，许多东西都不能见，所见到的天地是非常狭小、陈腐的、枯燥的。诗人和艺术家所以超过我们一般人者就在情感比较真挚、感觉比较锐敏、观察比较深刻、想象比较丰富。我们“见”不着的他们“见”得着，并且他们“见”得到就说得出，我们本来“见”不着的他们“见”着说出来了，就使我们也可以“见”着。像一位英国诗人所说的，他们“借他们的眼睛给我们看”（They lend their eyes for us to see）。中国人爱好自然风景的趣味是陶、谢、王、韦诸诗人所传染的。在 Turner 和 whistler 以前，英国人就没有注意到泰晤士河上有雾。Byron 以前，欧洲人很少赞美威尼斯。前一世纪的人崇拜自然，常咒骂城市生活和工商业文化，但是现代美国、俄国的文学家有时把城市生活和工商业文化写得也很有趣。人生的罪孽灾害通常只引起愤恨，悲剧却教我们于罪孽灾祸中见出伟大庄严；丑陋乖讹通常只引起嫌恶，喜剧却教我们在丑陋乖讹中见出新鲜的趣味。Rembrandt 画过一些疲癃残疾的老人以后，我们见出丑中也还有美。象征诗人出来以后，许多一纵即逝的情调使我们觉得精细微妙，特别值得留恋。文艺逐渐向前伸展，我们的眼界也逐渐放大，人生世相越显得丰富华严。这种眼界的解放给我们不少的生命力量，我们觉得人生有意义、有价值，值得活下去。许多人嫌生活干燥，烦闷无聊，原因就在缺乏美感修养，见不着人生世相的新鲜有趣。这种人最容易堕落颓废，因为生命对于他们失去意义与价值。“哀莫大于心死”，所谓“心死”就是对于人生世相失去解悟与留恋，就是不能以美感态度去观照事物。美感教育不是替有闲阶级增加一件奢侈，而是使人在丰富华严的世界中随处吸收支持生命和推展生命的活力。朱子有一首诗说：“半亩方塘一鉴开，天光云影共徘徊。问渠哪得清如许？为有源头活水来。”这诗所写的是一种修养的胜境。美感教育给我们的就是“源头活水”。

第三，是自然限制的解放。这是德国唯心派哲学家康德、席勒、叔本华、尼采诸人所最着重的一点，现在我们用浅近语来说明它。自然世界是有限的，受因果律支配的，其中毫末细故都有它的必然性，因果线索命定它如此，它就丝毫移动不得。社会由历史铸就，人由遗传和环境造成。人的活动寸步离不开物质生存条件的支配，没有翅膀就不能飞，绝饮食就会饿死。由此类推，人在自然中是极不自由的。动植物和非生物一味顺从自然，接受它的限制，没有过分希冀，也就没有失望和痛苦。人却不同，他有心灵，有不可压的欲望，对于无翅不飞、绝食饿死之类事实总觉有些歉然。人可以说是两重奴隶，第一服从自然的限制，其次要受自己的欲望驱使。以无穷欲望处有限自然，人便觉得处处不如意、不自由，烦闷苦恼都由此起。专就物质说，人在自然面前是很渺小的，它的力量抵不住自然的力量，无论你有如何大的成就，到头终不免一死，而且科学告诉我们，人类一切成就到最后都要和诸星球同归于毁灭，在自然圈套中求征服自然是不可能的，好比孙悟空跳来跳去，终跳不出如来佛的掌心。但是在精神方面，人可以跳开自然的圈套而征服自然，他可以在自然世界之外另在想象中造出较能合理慰情的世界。这就是艺术的创造。在艺术创造中可以把自然拿在手里来玩弄，剪裁它、锤炼它，重新给以生命与形式。每一部文艺杰作以至于每人在人生自然中所欣赏到的美妙境界都是这样创造出来的。美感活动是人在有限中所挣扎得来的无限，在奴属中所挣扎得来的自由。在服从自然限制而汲汲于饮食男女的寻求时，人是自然的奴隶；在超脱自然限制而创造欣赏艺术境界时，人是自然的主宰，换句话说，就是上帝。多受些美感教育，就是多学会如何从自然限制中解放出来，由奴隶变成上帝，充分地感觉人的尊严。

爱美是人类天性，凡是天性中所固有的必须趁适当时机去培养，否则像花草不及时下种及时培植一样，就会凋残萎谢。达尔文在自传里懊悔他一生专在科学上做工夫，没有把他年轻时对于诗和音乐的兴趣保持住，到老来他想用诗和音乐来调剂生活的枯燥，就抓不回年轻时那种兴趣，觉得从前所爱好的诗和音乐都索然无味。他自己说这是一部分天性的麻木，这是一个很好的前车之鉴。美育必须从年轻时就下手，年纪愈大，外务日纷繁，习惯的牢笼愈坚固，感觉愈迟钝，心里愈复杂，欣赏艺术力也就愈薄弱。我时常想，无论学哪一科专门学问，干哪一行职业，每个人都应该会听音乐，不断地读文学作品，偶尔有欣赏图画、雕刻的机会。在西方社会中这些美感活动是每个受教育者的日常生活中的重要节目。我们中国人除专习文学艺术者以外，一般人对于艺术都漠不关心，这是最可惋惜的事，它多少表示民族生命力的低降与精神的颓靡。从历史看，一个民族在最兴旺的时候，艺术成就必伟大，美育必发达。史诗悲剧时代的古希腊、文艺复兴时代的意大利、莎士比亚时代的英国、歌德和贝多芬时代的德国都可以为证。我们中国人古代对于诗乐舞的嗜好也极普遍。《诗经》、《礼记》、《左传》诸书所记载的歌乐舞的盛况常使人觉得仿佛是置身近代欧洲社会。孔子处周衰之际，特置慨于诗亡乐坏，也是见到美育与民族兴衰的关系密切。现在我们要想复兴民族，必须恢复周以前歌乐舞的盛况，这就是说，必须提倡普及的美感教育。

朝抵抗力最大的路径走

长沮桀溺看天下无道，就退隐躬耕，
是朝抵抗力最低的路径走；
孔子看天下无道，
就牺牲一切要拼命去改革它，
是朝抵抗力最大的路径走。
他说得很干脆，“天下有道，丘不与易也”。

我提出这个题目来谈，是根据一点亲身的经验。有一个时候，我学过做诗填词。往往一时兴到，我信笔直书，心里想到什么，就写什么，写成了自己读读看，觉得很高兴，自以为还写得不坏，后来我把这些处女作拿给一位精于诗词的朋友看，请他批评，他仔细看了一遍后，很坦白地告诉我说：“你的诗词未尝不能做，只是你现在所做的还要不得。”我就问他：“毛病在哪里呢？”他说：“你的诗词都来得太容易，你没有下过力，你欢喜取巧，显小聪明。”听了这话，我捏了一把冷汗，起初还有些不服，后来对于前人作品多费过一点心思，才恍然大悟那位朋友批评我的话真是一语破的。

我的毛病确是在没有下过力。我过于相信自然流露，没有知道第一次浮上心头的意思往往不是最好的意思，第一次浮上心头的词句也往往不是最好的词句。意境要经过洗练，表现意境的词句也要经过推敲，才能脱去渣滓，达到精妙境界。洗练推敲要吃苦费力，要朝抵抗力最大的路径走。福楼拜自述写作的辛苦说：“写作要超人的意志，而我却只是一个人！”我也有同样感觉，我缺乏超人的意志，不能拼死力往里钻，只朝抵抗力最低的路径走。

这一点切身的经验使我受到很深的感触。它是一种失败，然而从这种失败中我得到一个很好的教训。我觉得不但在文艺方面，就在立身处世的任何方面，贪懒取巧都不会有大成就，要有大成就，必定朝抵抗力最大的路径走。

“抵抗力”是物理学上的一个术语。凡物在静止时都本其固有“惰性”而继续静止，要使它动，必须在它身上加“动力”，动力愈大，动愈速愈远。动的路径上不能无抵抗力，凡物的动都朝抵抗力最低的方向。如果抵抗力大于动力，动就会停止，抵抗力纵是低，聚集起来也可以使动力逐渐减少以至于消灭，所以物不能永动，静止后要它续动，必须加以新动力。这是物理学上一个很简单的原理，也可以应用到人生上面。

人像一般物质一样，也有惰性，要想他动，也必须有动力。人的动力就是他自己的意志力。意志力愈强，动愈易成功；意志力愈弱，动愈易失败。不过人和一般物质有一个重要的分别：一般物质的动都是被动，使它动的动力是外来的；人的动有时可以是主动，使他动的意志力是自生自发自给自足的。在物的方面，动不能自动地随抵抗力之增加而增加；在人的方面，意志力可以自动地随抵抗力之增加而增加，所以物质永远是朝抵抗

自画像

保罗·高更

1889

法国巴黎奥塞美术馆

力最低的路径走，而人可以朝抵抗力最大的路径走。物的动必终为抵抗力所阻止，而人的动可以不为抵抗力所阻止。

照这样看，人之所以为人，就在能不为最大的抵抗力所屈服。我们如果要测量一个人有多少人性，最好的标准就是他对于抵抗力所拿出的抵抗力，换句话说，就是他对于环境困难所表现的意志力。我在上文说过，人可以朝抵抗力最大的路径走，人的动可以不为抵抗力所阻。我说“可以”不说“必定”，因为世间大多数人仍是惰性大于意志力，欢喜朝抵抗力最低的路径走，抵抗力稍大，他就要缴械投降。这种人在事实上失去最高生命的特征，堕落到无生命的物质的水平线上，和死尸一样东推东倒，西推西倒。他们在道德学问事功各方面都决不会有成就，万一以庸庸得厚福，也是叨天之幸。

人生来是精神所附丽的物质，免不掉物质所常有的惰性。抵抗力最低的路径常是一种引诱，我们还可以说，凡是引诱所以能成为引诱，都因为它是抵抗力最低的路径，最能迎合人的惰性。惰性是我们的仇敌，要克服惰性，我们必须动员坚强的意志力，不怕朝抵抗力最大的路径走。走通了，抵抗力就算被征服，要做的事也就算成功。举一个极简单的例子。在冬天早晨，你睡在热被窝里很舒适，心里虽知道这应该是起床的时候而你总舍不得起来。你不起来，是顺着惰性，朝抵抗力最低的路径走。被窝的暖和舒适，外面的空气寒冷，多躺一会儿的种种借口，对于起床的动作都是很大的抵抗力，使你觉得起床是一件天大的难事。但是你如果下一个决心，说非起来不可，一耸身你也就起来了。这一起来事情虽小，却表示你对于最大抵抗力的征服，你的企图的成功。

这是一个琐屑的事例，其实世间一切事情都可作如此看法。历史上许多伟大人物所以能有伟大成就者，大半都靠有极坚强的意志力，肯向抵抗力最大的路径走。例如孔子，他是当时一个大学者，门徒很多，如果他贪图个人的舒适，大可以坐在曲阜过他安静的学者的生活。但是他毕生东奔西走，席不暇暖，在陈绝过粮，在匡遇过生命的危险，他那副奔波劳碌栖栖遑遑的样子颇受当时隐者的嗤笑。他为什么要这样呢？就因为他有改革世界的抱负，非达到理想，他不肯甘休。

《论语》长沮桀溺章最足见出他的心事。长沮桀溺二人隐在乡下耕田，孔子叫子路去向他们问路，他们听说是孔子，就告诉子路说："滔滔者天下皆是也，而谁以易之！"意思是说，于今世道到处都是一般糟，谁去理会它，改革它呢？孔子听到这话叹气说："鸟兽不可与同群，吾非斯人之徒与而谁与？天下有道，丘不与易也。"意思是说，我们既是人就应做人所应该做的事；如果世道不糟，我自然就用不着费气力去改革它。孔子平生所说的话，我觉得这几句最沉痛，最伟大。长沮桀溺看天下无道，就退隐躬耕，是朝抵抗力最低的路径走；孔子看天下无道，就牺牲一切要拼命去改革它，是朝抵抗力最大的路径走。他说得很干脆，"天下有道，丘不与易也"。

再如耶稣，从《新约》中四部《福音》看，他的一生都是朝抵抗力最大的路径走。他抛弃父母兄弟，反抗当时旧犹太宗教，攻击当时的社会组织，要在慈爱上建筑一个理想的天国，受尽种种困难艰苦，到最后牺牲了性命，都不肯放弃了他的理想。在他的生命史中有一段是一发千钧的危机。

他下决心要宣传天国福音后，跑到沙漠里苦修了四十昼夜。据他的门徒的记载，这四十昼夜中他不断地受恶魔引诱。恶魔引诱他去争尘世的威权，去背叛上帝，崇拜恶魔自己。耶稣经过四十昼夜的挣扎，终于拒绝恶魔的引诱，坚定了对于天国的信念。

从我们非教徒的观点看，这段恶魔引诱的故事是一个寓言，表示耶稣自己内心的冲突。横在他面前的有两路：一是上帝的路，一是恶魔的路。走上帝的路要牺牲自己，走恶魔的路他可以握住政权，享受尘世的安富尊荣。经过了四十昼夜的挣扎，他决定了走抵抗力最大的路——上帝的路。

我特别在耶稣生命中提出恶魔引诱的一段故事，因为它很可以说明宋明理学家所说的天理与人欲的冲突。我们一般人尽善尽恶的不多见，性格中往往是天理与人欲杂糅，有上帝也有恶魔，我们的生命史常是一部理与欲，上帝与恶魔的斗争史。我们常在歧途徘徊，理性告诉我们向东，欲念却引诱我们向西。在这种时候，上帝的势力与恶魔的势力好像摆在天平的两端，见不出谁轻谁重。这是“一发千钧”的时候，“一失足即成千古恨”，一挣扎立即可成圣贤豪杰。如果要上帝的那一端天平沉重一点，我们必须在上面加一点重量，这重量就是拒绝引诱，克服抵抗力的意志力。

有些人在这紧要关头拿不出一点意志力，听惰性摆布，轻轻易易地堕落下去，或是所拿的意志力不够坚决，经过一番冲突之后，仍然向恶魔缴械投降。例如洪承畴本是明末一个名臣，原来也很想效忠明朝，恢复河山，清兵入关后，大家都预料他以死殉国，清兵百计劝诱他投降，他原也很想不投降，但是到最后终于抵不住生命的执着与禄位的诱惑，做了明朝的汉奸。

再举一个眼前的例子，汪精卫前半生对于民族革命很努力，当这次抗战开始时，他广播演说也很慷慨激昂。谁料到他的利禄熏心，一经敌人引诱，就起了卖国叛党的坏心事。依陶希圣的记载，他在上海时似仍感到良心上的痛苦，如果他拿一点意志力，即早回头，或以一死谢国人，也还不失为知过能改的好汉。但是他拿不出一点意志力，就认错就错，甘心认贼作父。世间许多人失节败行，都像汪精卫洪承畴之流，在紧要关头，不肯争一口气，就马马虎虎地朝抵抗力最低的路径走。

这是比较显著的例子，其实我们涉身处世，随时随地目前都横着两条路径，一是抵抗力最低的，一是抵抗力最大的。比如当学生，不死心塌地去做学问，只敷衍功课，混分数文凭；毕业后不拿出本领去替社会服务，只奔走巴结，夤缘幸进，以不才而在高位；做事时又不把事当事做，只一味因循苟且，敷衍公事，甚至于贪污淫佚，遇钱即抓，不管它来路正当不正当——这都是放弃抵抗力最大的路径而走抵抗力最低的路径。这种心理如充类至尽，就可以逐渐使一个人堕落。

我当穷究目前中国社会腐败的根源，以为一切都由于懒。懒，所以苟且因循敷衍，做事不认真；懒，所以贪小便宜，以不正当的方法解决个人的生计；懒，所以随俗浮沉，一味圆滑，不敢为正义公道奋斗；懒，所以遇引诱即堕落，个人生活无纪律，社会生活无秩序。知识阶级懒，所以文化学术无进展；官吏懒，所以政治不上轨道；一般人都懒，所以整个社会都“吊儿郎当”暮气沉沉。懒是百恶之源，也就是朝抵抗力最低的路径走。如果要改造中国社会，第一件心理的破坏工作是除懒，第一件心理的建设工作是提倡奋斗精神。

生命就是一种奋斗，不能奋斗，就失去生命的意义与价值；能奋斗，则世间很少不能征服的困难。古话说得好，“有志者事竟成”。希腊最大的演说家是德摩斯梯尼，他生来口吃，一句话也说不清楚，但他抱定决心要成为一个大演说家，他天天一个人走到海边，向着大海练习演说，到后来居然达到了他的志愿。这个实例阿德勒派心理学家常喜援引。依他们说，人自觉有缺陷，就起“卑劣意识”，自耻不如人，于是心中就起一种“男性的抗议”，自己说我也是人，我不该不如人，我必用我的意志力来弥补天然的缺陷。

阿德勒派学者用这种原则解释许多伟大人物的非常成就，例如聋子成为大音乐家，瞎子成为大诗人之类。我觉得一个人的紧要关头在起“卑劣意识”的时候。起“卑劣意识”是知耻，孔子说得好，“知耻近乎勇”。但知耻虽近乎勇而却不就是勇。能勇必定有阿德勒派所说的“男性的抗议”。“男性的抗议”就是认清了一条路径上抵抗力最大而仍然勇往直前，百折不挠。许多人虽天天在“卑劣意识”中过活，却永不能发“男性的抗议”，只知怨天尤人，甚至于自己不长进，希望旁人也跟着他不长进，看旁人长进，只怀满肚子醋意。这种人是由知耻回到无耻，注定要堕落到十八层地狱，永不超生。

能朝抵抗力最大的路径走，是人的特点。人在能尽量发挥这特点时，就足见出他有富裕的生活力。一个人在少年时常是朝气勃勃，有志气，肯干，觉得世间无不可为之事，天大的困难也不放在眼里。到了年事渐长，受过了一些磨折，他就逐渐变成暮气沉沉，意懒心灰，遇事都苟且因循，得过且过，不肯出一点力去奋斗。一个人到了这时候，生活力就已经枯竭，虽是活着，也等于行尸走肉，不能有所作为了。所以一个人如果想奋发有为，最好是趁少年血气方刚的时候，少年时如果能努力，养成一种勇往直前百折不挠的精神，老而益壮，也还是可能的。

一个人的生活力之强弱，以能否朝抵抗力最大的路径为准，一个国家或是一个民族也是如此。这个原则有整个的世界史证明。姑举几个显著的例，西方古代最强悍的民族莫如罗马人，我们现在说到能吃苦肯干，重纪律，好冒险，仍说是“罗马精神”。因其有这种精神，所以罗马人东征西讨，终于统一了欧洲，建立一个庞大的殖民帝国。后来他们从殖民地获得丰富的资源，一般罗马公民都可以坐在家里不动而享受富裕生活，于是变成骄奢淫逸，无恶不为，一到新兴的“野蛮”民族从欧洲东北角向南侵略，罗马人就毫无抵抗而分崩瓦解。

再如清朝，他们在入关以前过的是骑猎生活，民性最强悍，很富于吃苦冒险的精神，所以到明末张李之乱社会腐败紊乱时，他们以区区数十万人之力就能入主中夏。可是他们做了皇帝之后，一切皇亲国戚都坐着不动吃皇粮，享大位，过舒服生活，不到三百年，一个新兴民族就变成腐败不堪，辛亥革命起，我们就轻轻易易地把他们推翻了。我们如果要明白一个民族能够堕落到什么地步，最好去看看北平的旗人。

我们中华民族在历史上经过许多波折，从周秦到现在，没有哪一个时代我们不遇到很严重的内忧，也没有哪一个时代我们没有和邻近的民族挣扎，我们爬起来蹶倒，蹶倒了又爬起，如此者已不知若干次。从这简单的史实看，我们民族的生命力确是很强旺，它经过不断地奋斗才维持住它的生存权。这一点祖传的力量是值得我们尊重的。

于今我们又临到严重的关头了。横在我们面前的只有两条路，一是汪精卫和一班汉奸所走的，抵抗力最低的，屈服；一是抵抗力最大的，抗战。我相信我们民族的雄厚的生活力能使我们克服一切困难。不过我们也要明白，我们的前途困难还很多，抗战胜利只解决困难的一部分，还有政治、经济、文化、教育各方面的建设工作还需要更大的努力。一直到现在，我们所拿出来的奋斗精神还是不够。因循、苟且、敷衍，种种病象在社会上还是很流行。我们还是有些老朽，我们应该趁早还童。

孟子说："天将降大任于斯人也，必先苦其心志，劳其筋骨，饿其体肤，空乏其身，行拂乱其所为，所以动心忍性，增益其所不能。"于今我们的时代是"天将降大任于斯人"的时代了，孟子所说的种种磨折，我们正在亲领身受。我希望每个中国人，尤其是青年们，要明白我们的责任，本着大无畏的精神，不顾一切困难，向前迈进。

慢慢走，欣赏啊！

你是否知道生活，
就看你对于许多事物能否欣赏。

一直到现在，我们都是讨论艺术的创造与欣赏。在收尾这一节中，我提议约略说明艺术和人生的关系。

我在开章明义时就着重美感态度和实用态度的分别，以及艺术和实际人生之中所应有的距离，如果话说到这里为止，你也许误解我把艺术和人生看成漠不相关的两件事。我的意思并不如此。

人生是多方面而却相互和谐的整体，把它分析开来看，我们说某部分是实用的活动，某部分是科学的活动，某部分是美感的活动，为正名析理起见，原应有此分别；但是我们不要忘记，完满的人生见于这三种活动的平均发展。它们虽是可分别的而却不是互相冲突的。“实际人生”比整个人生的意义较为窄狭。一般人的错误在把它们认为相等，以为艺术对于“实际人生”既是隔着一层，它在整个人生中也就没有什么价值。有些人为维护艺术的地位，又想把它硬纳到“实际人生”的小范围里去。这般人不但是误解艺术，而且也没有认识人生。我们把实际生活看作整个人生之中的一片段，所以在肯定艺术与实际人生的距离时，并非肯定艺术与整个人生的隔阂。严格地说，离开人生便无所谓艺术，因为艺术是情趣的表现，

垂死的奴隶

米开朗基罗

1513

法国巴黎卢浮宫

而情趣的根源就在人生；反之，离开艺术也便无所谓人生，因为凡是创造和欣赏都是艺术的活动，无创造、无欣赏的人生是一个自相矛盾的名词。

人生本来就是一种较广义的艺术。每个人的生命史就是他自己的作品。这种作品可以是艺术的，也可以不是艺术的，正犹如同是一种顽石，这个人能把它雕成一座伟大的雕像，而另一个人却不能使它“成器”，分别全在性分与修养。知道生活的人就是艺术家，他的生活就是艺术作品。

过一世生活好比做一篇文章。完美的生活都有上品文章所应有的美点。

第一，一篇好文章一定是一个完整的有机体，其中全体与部分都息息相关，不能稍有移动或增减。一字一句之中都可以见出全篇精神的贯注。比如陶渊明的《饮酒》诗本来是“采菊东篱下，悠然见南山”，后人把“见”字误印为“望”字，原文的自然与物相遇相得的神情便完全丧失。这种艺术的完整性在生活中叫做“人格”。凡是完美的生活都是人格的表现。大而进退取与，小而声音笑貌，都没有一件和全人格相冲突。不肯为五斗米折腰向乡里小儿，是陶渊明的生命史中所应有的一段文章，如果他错过这一个小节，便失其为陶渊明。下狱不肯脱逃，临刑时还叮咛嘱咐还邻人一只鸡的债，是苏格拉底的生命史中所应有的一段文章，否则他便失其为苏格拉底。这种生命史才可以使人把它当作一幅图画去惊赞，它就是一种艺术的杰作。

其次，“修辞立其诚”是文章的要诀，一首诗或是一篇美文一定是至性深情的流露，存于中然后形于外，不容有丝毫假借。情趣本来是物我交感共鸣的结果。景物变动不居，情趣亦自生生不息。我有我的个性，物也有物的个性，这种个性又随时地变迁而生长发展。每人在某一时会所见到的景物，和每种景物在某一时会所引起的情趣，都有它的特殊性，断不容与另一人在另一时会所见到的景物，和另一景物在另一时会所引起的情趣完全相同。毫厘之差，微妙所在。在这种生生不息的情趣中我们可以见出生命的造化。把这种生命流露于语言文字，就是好文章；把它流露于言行风采，就是美满的生命史。

文章忌俗滥，生活也忌俗滥。俗滥就是自己没有本色而蹈袭别人的成规旧矩。西施患心病，常捧心颦眉，这是自然地流露，所以愈增其美。东施没有心病，强学捧心颦眉的姿态，只能引人嫌恶。在西施是创作，在东施便是滥调。滥调起于生命的干枯，也就是虚伪的表现。“虚伪的表现”就是“丑”，克罗齐已经说过。“风行水上，自然成纹”，文章的妙处如此，生活的妙处也是如此。在什么地位，是怎样的人，感到怎样情趣，便现出怎样的言行风采，叫人一见就觉其谐和完整，这才是艺术的生活。

俗语说得好：“唯大英雄能本色。”所谓艺术的生活就是本色的生活。世间有两种人的生活最不艺术，一种是俗人，一种是伪君子。“俗人”根本就缺乏本色，“伪君子”则竭力遮盖本色。朱晦庵有一首诗说：“半亩方塘一鉴开，天光云影共徘徊。问渠哪得清如许？为有源头活水来。”艺术的生活就是有“源头活水”的生活。俗人迷于名利，与世浮沉，心里没有“天光云影”，就因为没有源头活水。他们的大病是生命的干枯。“伪君子”则于这种“俗人”的资格之上，又加上“沐猴而冠”的伎俩。他们的特点不仅见于道德上的虚伪，一言一笑、一举一动，都叫人起不美之感。谁知道风流名士的架子之中掩藏了几多行尸走肉？无论是“俗人”或是“伪君子”，他们都是生活中的“苟且者”，都缺乏艺术家在创造时所应有的良心。像柏格森所说的，他们都是“生命的机械化”，只能作喜剧中的角色。生活落到喜剧里去的人大半都是不艺术的。

归去来兮

〔明〕李在

辽宁省博物馆

艺术的创造之中都必寓有欣赏，生活也是如此。一般人对于一种言行常欢喜说它“好看”、“不好看”，这已有几分是拿艺术欣赏的标准去估量它。但是一般人大半不能彻底，不能拿一言一笑、一举一动纳在全部生命史里去看，他们的“人格”观念太淡泊，所谓“好看”、“不好看”往往只是“敷衍面子”。善于生活者则彻底认真，不让一尘一芥妨碍整个生命的和谐。一般人常以为艺术家是一班最随便的人，其实在艺术范围之内，艺术家是最严肃不过的。在锻炼作品时常呕心呕肝，一笔一画也不肯苟且。王荆公作“春风又绿江南岸”一句诗时，原来“绿”字是“到”字，后来由“到”字改为“过”字，由“过”字改为“入”字，由“入”字改为“满”字，改了十几次之后才定为“绿”字。即此一端可以想见艺术家的严肃了。善于生活者对于生活也是这样认真。曾子临死时记得床上的席子是季路的，一定叫门人把它换过才瞑目。吴季札心里已经暗许赠剑给徐君，没有实行徐君就已死去，他很郑重地把剑挂在徐君墓旁树上，以见“中心契合死生不渝”的风谊。像这一类的言行看来虽似小节，而善于生活者却不肯轻易放过，正犹如诗人不肯轻易放过一字一句一样。小节如此，大节更不消说。董狐宁愿断头不肯掩盖史实，夷齐饿死不愿降周，这种风度是道德的也是艺术的。我们主张人生的艺术化，就足主张对于人生的严肃主义。

艺术家估定事物的价值，全以它能否纳入和谐的整体为标准，往往出于一般人意料之外。他能看重一般人所看轻的，也能看轻一般人所看重的。在看重一件事物时，他知道执着；在看轻一件事物时，他也知道摆脱。艺术的能事不仅见于知所取，尤其见于知所舍。苏东坡论文，谓如水行山谷中，行于其所不得不行，止于其所不得不止。这就是取舍恰到好处，艺术化的人生也是如此。善于生活者对于世间一切，也拿艺术的口味去评判它，合于艺术口味者毫毛可以变成泰山，不合于艺术口味者泰山也可以变成毫毛。他不但能认真，而且能摆脱。在认真时见出他的严肃，在摆脱时见出他的豁达。孟敏堕甑，不顾而去，郭林宗见到以为奇怪。他说：“甑已碎，顾之何益？”哲学家斯宾诺莎宁愿靠磨镜过活，不愿当大学教授，怕妨碍他的自由。王徽之居山阴，有一天夜雪初霁，月色清朗，忽然想起他的朋友戴逵，便乘小舟到剡溪去访他，刚到门口便把船划回去。他说：“乘兴而来，兴尽而返。”这几件事彼此相差很远，却都可以见出艺术家的豁达。伟大的人生和伟大的艺术都要同时并有严肃与豁达之胜。晋代清流大半只知道豁达而不知道严肃，宋朝理学又大半只知道严肃而不知道豁达。陶渊明和杜子美庶几算得恰到好处。

一篇生命史就是一种作品，从伦理的观点看，它有善恶的分别，从艺术的观点看，它有美丑的分别。善恶与美丑的关系究竟如何呢？

就狭义说，伦理的价值是实用的，美感的价值是超实用的；伦理的活动都是有所为而为，美感的活动则是无所为而为。比如仁义忠信等等都是善，问它们何以为善，我们不能不着眼到人群的幸福。美之所以为美，则全在美的形象本身，不在它对于人群的效用（这并不是说它对于人群没有效用）。假如世界上只有一个人，他就不能有道德的活动，因为有父子才有慈孝可言，有朋友才有信义可言。但是这个想象的孤零零的人还可以有艺术的活动，他还可以欣赏他所居的世界，他还可以创造作品。善有所赖而美无所赖，善的价值是“外在的”，美的价值是“内在的”。

不过这种分别究竟是狭义的。就广义说，善就是一种美，恶就是一种丑。因为伦理的活动也可以引起美感上的欣赏与嫌恶。古希腊大哲学家柏拉图和亚里士多德讨论伦理问题时都以为善有等级，一般的善虽只有外在的价值，而“至高的善”则有内在的价值。这所谓“至高的善”究竟是什么呢？柏拉图和亚里士多德本来是一走理想主义的极端，一走经验主义的极端，但是对于这个问题，意见却一致。他们都以为“至高的善”在“无所为而为的玩索”（Disinterested contemplation）。这种见解在西方哲学思潮上影响极大，斯宾诺莎、黑格尔、叔本华的学说都可以参证。从此可知西方哲人心目中的“至高的善”还是一种美，最高的伦理的活动还是一种艺术的活动了。

“无所为而为的玩索”何以看成“至高的善”呢？这个问题涉及西方哲人对于神的观念。从耶稣教盛行之后，神才是一个大慈大悲的道德家。在古希腊哲人以及近代莱布尼兹、尼采、叔本华诸人的心目中，神却是一个大艺术家，他创造这个宇宙出来，全是为着自己要创造，要欣赏。其实这种见解也并不减低神的身份。耶稣教的神只是一班穷叫花子中的一个肯施舍的财主老，而一般哲人心中的神，则是以宇宙为乐曲而要在这种乐曲之中见出和谐的音乐家。这两种观念究竟是哪一个伟大呢？在西方哲人想，神只是一片精灵，他的活动绝对自由而不受限制，至于人则为肉体的需要所限制而不能绝对自由。人愈能脱肉体需求的限制而作自由活动，则离神亦愈近。“无所为而为的玩索”是唯一的自由活动，所以成为最上的理想。

这番话似乎有些玄渺，在这里本来不应说及。不过无论你相信不相信，有许多思想却值得当作一个意象悬在心眼前来玩味玩味。我自己在闲暇时也欢喜看看哲学书籍。老实说，我对于许多哲学家的话都很怀疑，但是我觉得他们有趣。我以为穷到究竟，一切哲学系统也都只能当作艺术作品去看。哲学和科学穷到极境，都是要满足求知的欲望。每个哲学家和科学家对于他自己所见到的一点真理（无论它究竟是不是真理）都觉得有趣味，都用一股热忱去欣赏它。真理在离开实用而成为情趣中心时就已经是美感的对象了。“地球绕日运行”，“勾方加股方等于弦方”一类的科学事实，和《密罗斯爱神》或《第九交响曲》一样可以摄魂震魄。科学家去寻求这一类的事实，穷到究竟，也正因为它们可以摄魂震魄。所以科学的活动也还是一种艺术的活动，不但善与美是一体，真与美也并没有隔阂。

艺术是情趣的活动，艺术的生活也就是情趣丰富的生活。人可以分为两种，一种是情趣丰富的，对于许多事物都觉得有趣味，而且到处寻求享受这种趣味；一种是情趣干枯的，对于许多事物都觉得没有趣味，也不去寻求趣味，只终日拼命和蝇蛆在一块争温饱。后者是俗人，前者就是艺术家。情趣愈丰富，生活也愈美满，所谓人生的艺术化就是人生的情趣化。

“觉得有趣味”就是欣赏。你是否知道生活，就看你对于许多事物能否欣赏。欣赏也就是“无所为而为的玩索”。在欣赏时人和神仙一样自由，一样有福。

阿尔卑斯山谷中有一条大汽车路，两旁景物极美，路上插着一个标语牌劝告游人说：“慢慢走，欣赏啊！”许多人在这车如流水马如龙的世界过活，恰如在阿尔卑斯山谷中乘汽车兜风，匆匆忙忙地急驰而过，无暇一回首流连风景，于是这丰富华丽的世界便成为一个了无生趣的囚牢。这是一件多么可惋惜的事啊！

朋友，在告别之前，我采用阿尔卑斯山路上的标语，在中国人告别习用语之下加上三个字奉赠：

“慢慢走，欣赏啊！”

光潜

1932 年夏，莱茵河畔

图书在版编目（CIP）数据

厚积落叶听雨声 / 朱光潜著. -- 南京：江苏凤凰文艺出版社, 2016
ISBN 978-7-5399-9557-1

Ⅰ. ①厚… Ⅱ. ①朱… Ⅲ. ①散文集 – 中国 – 当代 Ⅳ. ①I267

中国版本图书馆CIP数据核字（2016）第178310号

书　　名	厚积落叶听雨声
作　　者	朱光潜
责任编辑	邹晓燕　黄孝阳
出版发行	江苏凤凰文艺出版社
	南京市中央路 165 号，邮编：210009
网　　址	http://www.jswenyi.com
印　　刷	北京中科印刷有限公司
开　　本	710 毫米 ×960 毫米　1/16
印　　张	18.5
字　　数	200 千字
版　　次	2016 年 9 月第 1 版
印　　次	2021 年 7 月第 9 次印刷
书　　号	ISBN 978-7-5399-9557-1
定　　价	49.80 元